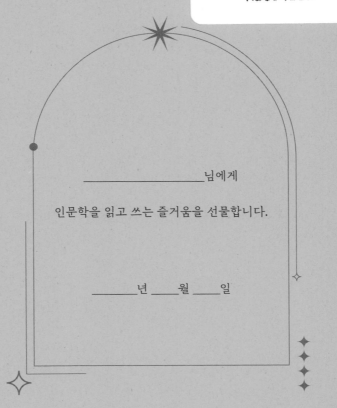

_____님에게

인문학을 읽고 쓰는 즐거움을 선물합니다.

_____년 ____월 ____일

책방 과학자의
인문학
필사 노트

책방 과학자의
인문학
필사 노트

✦
✦
✦

인문학을 시작하는 모든 이를 위한 80 작품 속 최고의 문장들

이명현 지음

땅스B

　지식과 지혜를 찾기 위해 책을 읽지만 때로는 수많은 책 속에서 길을 잃곤 한다. 그러나 어떤 책은 단 한 페이지만으로도 우리의 시선을 붙잡고 마음에 울림을 준다. 《책방 과학자의 인문학 필사 노트》는 인문, 과학, 문학, 예술의 거대한 숲속에서 빛나는 80그루의 나무를 골라 한 페이지의 정수를 담았다. 각 페이지는 우리의 사유와 감성을 새로운 세계로 이끄는 문이다. 책방 과학자 이명현 박사는 단순히 명저를 소개하는 데 그치지 않는다. 자신의 시선과 생각을 더해 독자와 책 그리고 작가가 함께 소통하는 공간을 만든다. 그가 선정한 페이지를 읽고 따라 쓰다 보면 어느새 작가와 함께 드넓은 지식의 바다를 항해하고 있는 자신을 발견하게 될 것이다.

명저의 가치를 짧고 명쾌하게 풀어내는 것은 또 다른 예술이다.《책방 과학자의 인문학 필사 노트》는 그 예술의 결과물로 새로운 지식과 통찰의 씨앗을 우리 마음에 심어준다. 씨앗이 움트듯 책을 읽는 즐거움이 자라나고 새로운 독서 여정이 시작된다. 이 책을 다 읽고 나면 아마 당신은 읽고 싶은 책 목록을 한가득 안고 있을지도 모른다. 인생은 짧고 읽어야 할 책은 많다. 이 책은 항해자의 나침반이자 탐험가의 별자리다. 독서의 길잡이가 되어줄 것이다. 단 한 권의 책으로 인생이 바뀔 수 있다면 단 한 페이지만으로도 오늘이 달라질 수 있다.《책방 과학자의 인문학 필사 노트》는 변화를 시작하는 첫걸음이 될 것이다.

이정모 (전 국립과천과학관장)

풍성한 여백의 세상에서 누리는 아주 사적인 경험

세상에는 좋은 책이 많다. 저마다의 의미를 지닌 멋진 글귀들을 볼 수 있고, 한 권의 책을 온전히 정독하고 완독하면서 성취감과 희열을 느낄 수 있으니 말이다. 혹 우연히 펼친 책에서 낯설게 느껴졌던 문장에 은근히 공감이 갔던 적이 있는가. 이 책은 그런 문장들을 엮었고, 아마 또 다른 경험을 줄 수 있을 거라고 생각한다. 그렇다면 완전한 논리와 서사 구조를 갖춘 한 권의 책이 아닌, 이 책 저 책에서 뽑은 문장들을 모아둔 책은 어떤 의미와 맥락을 가지고 있을까. 인용문을 모은 책의 미덕 중 하나는 약간의 낯섦과 약간의 관음이라고 생각한다. 한 책의 인용문을 읽고 익숙해지기 전에 다른 책의 새로운 인용문을 만나는 책. 긴 호흡으로 어떤 맥락을 찾기에는 턱없이 부족한 분량이다. 하지만 그렇기 때문에 여러 책을 기웃거리면서 거리를 두고 살펴볼 수 있다. 그런 의미에서 약간의 관음이라 표현한 것이다. 한 권의 책을 통째로 읽었을 때는 결코 느낄 수 없었던 자극을 선사하길 바라는 마음으로 이 책을 작업했다.

인용문을 모은 책은 영원히 미완성이다. 엮은이의 의도를 맥락으로 파악할 수는 있겠지만 구조의 완결성을 기대하기는 힘들다. 그런 만큼 독자들이 파고들 여백이 넉넉하다. 여백은 상상의 영역이다. 독자에게 제공하는 자유의 시공간이다. 다른 책에서 자신이 읽었던 책의 인용문을 만난다면 그 문장 하나로부터 그 책을 회상하는 여백의 시공간을 즐길 수 있을 것이다. 주어진 텍스트는 극히 일부이기에 물리적으로 당장 그 책으로 가는게 쉽지 않다. 따라서 독자들이 그 책에 대한 주관적이고 편파적인 회상과 기억으로 여백에 채워가면서 즐기기에는 더할 나위 없이 좋은 조건이 제공되는 셈이다. 다시 말해, 원작 텍스트의 권위에 복종하지 않고 작은 기억의 실마리로부터 마음껏 상상의 세계를 즐길 수 있는 것이다. 왜냐하면 한 줌밖에 안 되는 정보로 독자들에게 큰 의무나 책임을 지울 수 없기 때문이다. 좋은 변명이고 알리바이다. 더불어 이 책에 마련된 빈 줄에 인용문을 한 글자 한 글자 따라 써보면서 글을 음미해보기를 권한다. 이러한 행위는 온전히 갖는 자기만의 시간을 만드는 동시에 타인의 생각과 지식을 함께 나누는 시간을 만들어준다. 충실히 빈 줄을 채워가다 보면 쓰는 기쁨도 느낄 수 있을 것이다.

또한 이 책은 여백의 자유를 즐길 수 있는 해방구다. 읽지 않았던 책의 인용문을 만난다면 상황은 더 좋다. 책을 읽기 전에 누릴 수 있는 상상의 자유를 마음껏 즐길 수 있기 때문이다. 일단 한 권의 책을 완독하면 그 책의 내용이나 주제에서 완전히 자유로울 수가 없다. 물론 해석은 각자의 몫이지만, 그 책의 자기장을 벗어나기는 힘들다. 책을 아직 읽지 않았다는 것은 그 책에 대해서 말할 수 있는 것이 별로 없다는 것을 의미한다. 반면 그 책에 대한 정보를 가지고 있지 않다는 건 어떤 책일지 마음껏 상상할 수 있다는 뜻도 된다. 그리고 그런 상상에 바탕을 두고 그 책에 대해서 말한다고 해서 거짓말은 아니다. 단지 상상해본 것뿐이니까. 이렇듯 무지 속의 자유로움을 더 풍성하게 만끽하는 데는 인용문이 도움이 된다. 인용문은 아주 작은 파편을 제공해준다. 짧은 문장 하나를 가지고도 상상의 세계에 들어간다면 조금은 더 구체적인 생각을 이끌어낼 것이고, 결론적으로 더 풍성한 여백의 세상을 누리게 될 것이다. 그리고 인용문을 보고 책을 통째로 읽고 싶은 마음이 생긴다면, 그것이야말로 정말 좋은 일이겠다.

나에게 이 책은 과거의 독서 경험과 기억이 재구성되면서 현재의 나에게 녹아드는 고백록처럼 다가온다. 하나하나의 연결성이 없는 독립된 문장들인데도 불구하고 인용문끼리 상호작용을 하는 것처럼 네트워크를 형성하면서 예기치 못한 맥락을 만들어 준다. 독자들 또한 그랬으면 좋겠다. 그들의 아주 사적인 경험이 이 책을 만나면서 창발 현상을 일으키리라. 이 책이 독자의 수만큼 새로운 창발이 일어날 수 있는 잠재력 있는 책이 되었으면 좋겠다.

독자들이 인용문을 읽으면서 새로운 생각을 떠올리는 데 도움이 되길 바라는 마음으로 길지 않은 단상을 붙였다. 덧붙인 단상은 지극히 주관적인 나의 감상평이다. 독자들의 감수성과 공명을 일으킬 수 있다면 큰 기쁨이겠다. 나아가 충돌에 이른다면 더 큰 즐거움이겠다. 어쨌든 누군가의 풍성한 책읽기에 마중물이 된다면 내가 붙인 단상의 역할을 다하는 것일 테다. 인용된 글이든 내가 붙인 단상이든 필사해보는 것도 좋겠다. 또는 자신만의 단상을 써보는 것도 좋을 것 같다. 독서의 완성은 글쓰기니까.

이 책을 준비하면서 200권에 가까운 책들을 다시 읽었다. 솔직히 읽었다는 말은 어폐가 있다. 빨리 훑어봤다는 것이 정확한 표현일 것이다. 그러면서 알게 된 것은, 내 기억이 그다지 정확하지 않다는 사실이다. 책의 내용을 다르게 기억하거나 두 권의 내용이 뒤섞이기도 했고, 마치 처음 읽어보는 듯 생소했던 책도 많았다. 그럼에도 불구하고 이 책을 만들며 행복했다. 내가 살아오면서 인생의 어느 순간에 만났던 책들을 이 시점에 다시 한번 살펴볼 기회가 있었으니 말이다. 행운이라고 할 수밖에. 또한 이 책들은 이러한 과정을 통해서 단지 나의 기억과 추억에 머물지 않고 현재 내 삶의 일부로 부활했다.

이 책에 소중한 글을 인용할 수 있도록 흔쾌히 허락해준 저자들에게 고맙다는 말을 전하고 싶다. 덕분에 나 역시 이런 멋진 글에 단상을 붙이는 영광과 기쁨을 누렸다. 문장의 인용을 허락해준 출판사들에도 감사의 마음을 전한다. 이들의 도움이 없었다면 이 책은 애당초 세상에 나오지 못했을 것이다. 인용문을 모아서 책으로 만드는 번잡한 작업을 잘 마무리한 편집자에게도 고마움을 전한다. 마지막으로 독자들이 책을 읽는 재미를 느끼는 데 조금이라도 도움이 되기를 바란다.

삼청동 책방에서

이명현

PART 01
나만의 철학을 갖기 위한 **인문서**

PART 02
알고 보면 재미있는 **과학서**

PART 03
생각할 거리를 던져주는 **문학서**

PART 04
삶을 풍요롭게 해주는 에세이

나 만 의
철 학 을
갖기 위한
인 문 서

세상을 보는 시각을 ————————— 넓혀주는
——————————— 인문서의 매력

내 인생의 첫 번째 철학책은 초등학교 6학년 초에 만났다. 내가 맡은 임무 중 하나는 매일 여동생 둘을 동네 피아노 교습소에 데리고 갔다가 데리고 오는 것이었다. 말이 교습소였지 동네 아주머니가 집에서 아이들을 대상으로 피아노를 가르치는 곳이라 가족 같은 분위기였다. 동생들이 피아노를 치는 동안 나는 거실 소파에 앉아서 기다렸다. 그러다 심심하면 서재를 둘러보곤 했는데, 그때 내 눈을 사로잡은 책이 《의지와 표상으로서의 세계》였다. 나는 그 두꺼운 책을 꺼내서 읽기 시작했다. 당연히 초등학생이 이해할 수 있는 책이 아니었다. 하지만 나는 책에 나오는 단어들에 매료되어 피아노 교습소에 갈 때마다 이 책을 읽었다. 그것도 부족해 책을 빌려와서 집에서 읽고 또 읽었다. 특히 '표상'과 '으로서의 세계'라는 구절에 매혹되었다. 말하자면 지적 허영심에 빠진 것이다. 책 내용을 이해하지는 못해도 그 이미지의 매력에 빠졌다고나 할까. 솔직히 지금도 이 책에서 말하는 '표상'에 대해서 명확하게 이해하지 못한다.

지적 허영심으로 시작된 철학책 읽기는 사춘기 시절인 중학교 2학년 때부터 고등학교 1학년 때까지 이어졌다. 내용에 대한 이해보다는 철학책에 등장하는 단어들을 마치 소설 속 주인공처럼 흠모하면서 제멋대로 해석하던 시절이었다. 그리고 철학책을 조금씩 이해하기 시작하고 부끄러움을 느끼게 되면서, 철학책을 읽었던 그 시간이 지적 허영심으로 생긴 내적 결핍을 하나씩 메워가는 과정이 아니었을까 생각하게 되었다. 사춘기 시절, 나는 정말 많은 철학책을 읽었고 나름대로 사색도 많이 했다. 물론 그 과정에서 만난 철학책들이 형이상학적이고 근원적인 궁금증을 해소하는 데 큰 도움이 되었던 건 아니다. 오히려 답답함을 가중하게도 했다. 하지만 철학이 삶을 살아가는 태도의 문제를 다룬다는 걸 알게 되고, 생활철학의 발견을 통해 형이상학과 궁극적인 문제 해결 과정으로서의 철학에 대한 실망감이 어느 정도 해소되면서 나의 시선도 달라졌다. 요즘 내게 철학은 삶의 태도를 반추하고 실천을 도와주는 생활철학으로 인식되고 있다. 나의 지적 허영심이 철학책을 탐구하면서 조금이나마 내 삶에 대한 태도로 전환된 것은 정말 다행스러운 일이다.

우리는 모든 면에서 과학이 중요해진 세상에 살고 있다. 전통적으로 철학에서 다루던 주제들에 대한 해답은 이제 과학을 통해서만 얻을 수 있게 되었다. 세상을 바라보는 관점의 정립부터 인생을 살아가는 태도와 실천의 문제까지, 과학적 사고방식과 과학적 태도가 필요한 시대가 되었다. 그렇다면 교양 과학책으로 분류되던 책들 중 일부를 철학책으로 분류해야 하지 않을까. 나는 세상을 바라보는 관점과 인식 그리고 이를 바탕으로 한 가치관의 구축과 실천에 이르기까지, 전통적으로 철학이 담당하던 역할을 이제는 과학이 이어받아야 한다고 생각한다. 이미 과학이 그 역할을 하고 있으니 말이다. 교양 과학책을 과학 지식만이 아닌 과학적 태도를 반추하는 책으로 본다면, 교양 과학책은 철학책이 될 것이다. 세월이 더 지나면 '과학을 기반으로 한 철학' 같은 과도기적인 말이 유행하다가 과학이 그냥 철학이 되는 날이 올지도 모르겠다. 철학은 늘 그 시대를 향한 태도와 실천의 문제를 정면으로 다루었으니, 이제 과학이 철학이 되는 것은 어쩌면 자연스러운 일이다.

나는 철학책을 통해 논리적으로 사고하고 세상 보는 법을 배웠다. PART 1에서 인용한 책들은 나의 지적 허영심을 철학적 태도로 내재화하는 데 도움을 준 책들 중 일부에 불과하다. 내 인생의 방향을 단박에 바꾼 책을 고르자니 선뜻 고르기가 힘들었다. 하지만 이 책들은 조금씩 내게 스며들어서 나의 태도와 가치관을 형성하는 요소가 되었고 실천의 동력이 되었다.

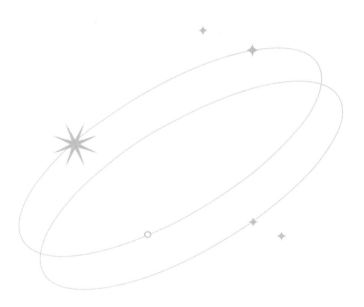

001

인공지능은
나의 읽기-쓰기를
어떻게 바꿀까

김성우

✦

　기술의 힘이 강해질수록 인간의 연결을 갈망하는 이들이 생겨날 것이고, 인간의 어두운 면을 극복할 수 있는 기술의 힘에 기대를 거는 이들 또한 나타날 겁니다. 극소수는 인공지능이 만든 글과 이미지·딥페이크 이미지를 통해 가짜 정체성을 구축하며 새로운 자신을 내세우는 삶을 살게 될지도 모릅니다.

　하지만 우리 대다수는 사회문화적 변화와 관계의 역동 속에서 이들 양극단이 아닌 스펙트럼상 어딘가에 자리를 잡고, 그 자리를 계속해서 옮겨갈 것입니다. 그런 시간이 쌓이다 보면 언젠가 대다수가 궁극의 기술인 문자를 기술이라고 인식하지 못하게 되었듯이, 인공지능 또한 기본적인 삶의 조건으로 자리 잡을 것입니다. 나의 정체성과 기계의 정체성·나의 존재와 기계의 존재를 분리한다는 것을 상상할 수조차 없는 날이 오는 것이지요.

　하지만 그 시기에 아랑곳없이 우리의 삶은 끊임없이 흐릅니다. 뇌가 전기화학 신호로 들썩이고 심장이 생명의 비트로 꿈틀거리는 한, 대화는 중단 없이 계속됩니다. 실천하고 의미를 만들고 관계를 맺고 새로운 정체성을 탐구하고 다른 존재가 되어가는 과정에서 읽고 쓰고 보고 만들고 나누는 일은 그칠 수 없습니다.

유유, 2024년, 343~344쪽

◎ 책방 과학자의 생각

세상이 바뀌면 질문이 바뀌어야 한다. 인공지능의 시대를 맞아 많은 질문이 난무한다. '인공지능 때문에 없어질 직업은?', '인공지능의 시대에 살아남기 위해서 배워야 할 것은?' 이런 생활형 질문부터 '일반 인공지능은 탄생할 것인가?', '인공지능은 인류를 파멸할 것인가?' 같은 실존적인 질문까지 우리는 다양한 질문의 숲에 싸여 있다. 그렇다면 급하게 변하는 세상에서 우리는 무엇을 해야 할까? 지금 우리가 던져야 할 질문은 무엇일까? 여기서 '변하는 것들 속에서 그나마 당분간 변하지 않을 것이 무엇인가?' 하는 질문을 하지 않을 수 없다.

생성 인공지능이 속속 나오고 있는 지금, 이 책은 기본으로 눈을 돌린다. 보고 읽고 생각하고 토론하고 쓰는 행위야말로 오랫동안 이어져온 인간 행위의 근간이다. '문해력' 혹은 '리터러시'라고 하는 바로 그것이다. 그런데 더 중요한 것은 인공지능 같은 새로운 매체와 함께 그런 행위를 하는 인간 자신이 그 행위로 인해서 변화한다는 사실이다. '읽고 쓰고 보고 만들고 나누는 일이 계속되는 동안 우리가 어떻게 변하고 있는가?' 이것이 지금 우리가 던져야 할 질문일 것이다. 그 변화를 받아들이고 인식을 바꾸어야만 한다. 그리고 또 다른 질문을 던져야 한다.

002

메타인지
학습법

리사 손

✦

지난겨울 스키장에서 있었던 일이다. 이제 막 스키를 배우기 시작한 아들이 속도를 줄이지 못하고 계속 넘어지는 모습을 본 나는 "기욱아, 멈추고 싶을 때는 무릎을 구부리고 발을 삼각형 모양으로 모으면 돼. 알았지?"라고 말했다. 엄마의 말을 듣고 제 나름대로 열심히 다리를 모으려 애를 쓰던 아들이 갑자기 멈춰 서더니 나를 빤히 바라보며 이렇게 이야기했다. "근데 엄마, 이거 보통 일이 아니야."

순간 내가 또 아이를 기다려주지 못했음을 깨달았다. 다리를 삼각형 모양으로 만드는 건 쉬운 일이라 여겼던 '나의 인지 수준', 그리고 아이에게 스키를 멈추고 싶을 때는 어떤 행동을 취해야 할지 가르쳐줘야겠다는 '나의 생각'에만 집중한 결과 아들의 인지는 고려조차 못했던 것이다.

아이들이 무언가를 '처음으로 시작하는 것'은 정말이지 보통 일이 아니다. 나는 오늘도 내 올챙이 적 시절을 일깨워주는 그 말을 마음에 되새기고, 마음이 조급해질 때마다 아이에게 맞는 학습 속도가 있음을 떠올리며 아이 스스로 목표를 끝마칠 때까지 기다리려 노력한다.

21세기북스, 2019년, 8쪽

◎ 책방 과학자의 생각

　누구나 아차 싶은 순간이 있다. 이 글은 그런 순간을 잘 묘사하고 있다. 중요한 것은 그 순간에 상황을 제대로 인지하고 자각한 다음 잘 대처하는 것이다. 그리고 이보다 더 중요한 것은 그 후로 일관된 태도를 유지하는 것이다. 다시 말하면 메타인지를 갖추는 것이다. 말은 쉽다. 그렇게 하지 못하니까 자꾸 다짐하고 결심하는 것 아닌가. 메타인지를 갖추고 그것이 필요한 순간 작동하도록 만드는 방법은 사실 하나밖에 없다. 자기도 모르게 튀어나오도록 습관화시키는 방법이다. 이는 마음의 근력이 저절로 작동하는 것일지도 모른다. 필요한 순간에 몸의 근육이 몸을 바로잡듯 마음의 근력이 마음을 바로잡는 것이다. 이 책은 우리가 마음의 근력을 기를 수 있도록 다짐과 결심을 하는 마중물이 되어줄 것이다.

의지와 표상
으로서의 세계

아르투어 쇼펜하우어

✦

　즉, 모든 참되고 순수한 사랑은 연민이고, 연민이 아닌 모든 사랑은 사욕이다. 사욕은 에로스이고, 연민은 아가페다. 둘이 섞여 있는 경우도 흔하다. 심지어 진정한 우정에도 언제나 사욕과 연민이 섞여 있다. 진정한 우정이란 우리의 개성과 잘 맞는 친구가 있는 것을 만족하는 것이고, 또 이것이 거의 언제나 우정의 대부분을 이루고 있다. 연민은 친구의 안녕과 슬픔에 진심으로 관심을 갖고, 그를 위해 비이기적인 희생을 하는 데서 드러난다.

홍성광 옮김, 을유문화사, 2019년, 502쪽

◎ 책방 과학자의 생각

　　연민은 내가 아는 단어 중에서 가장 사랑스러운 단어다. 연민은 동정이 아
니다. 쇼펜하우어의 말처럼 진심으로 상대방의 안녕과 슬픔에 공감하는 것이
다. 연민의 범위를 더 넓히면 어떨까. 상대방의 기쁨과 행복을 질투심 없이 받
아들이고 조건 없이 축복해주는 데까지 말이다. 진정한 사랑은 이기적인 독
점이나 집착, 질투가 아니라 연민이어야 할 것이다.

004

과학은
논쟁이다

이강영 외 7인

✦

 왜 인간이 없는 것을 과학자들이 좋아하는지 물어보셨는데, 그게 더 자연스럽지 않나요? 인간은 우주의 아주 작은 일부에 불과하잖아요. 과학의 역사는 끊임없이 인간을 중심에서 변방으로 밀어내온 역사가 아닐까 생각합니다. 지구가 우주의 중심이 아니고, 태양도 수많은 별의 하나에 불과하고, 인간은 신의 형상을 본뜬 것이 아니라 진화의 산물이고 등등 말이죠. 사실, 과학자로서 인간이 그 이론의 중심에 있다는 것이 더 불편합니다.

반니, 2021년, 119쪽

'코페르니쿠스 원리'라는 개념이 있다. '평범성의 원리'라고도 하는데, 인간이 세상의 중심이라는 (혹은 사실 신이 우주의 중심이라는) 사고방식이 아니라 우주 전체를 보았을 때 우리가 특별한 존재가 아니라는 것이다. 이 사실은 시간이 지나면서 하나씩 증명되었는데, 이것이 바로 과학적 우주론의 변천 역사이다. 다시 말해, 우리는 특별하지 않다는 것이다. 그럼에도 불구하고 인간이 이런 자신의 위치를 자각하고 우주를 전체적으로 이해하기 위해 노력하는 면을 보면 특별한 존재인 것도 분명하다.

005

공감의
반경

장대익

정서적 공감이 따뜻한 감정의 힘이라면 인지적 공감은 따뜻한 사고의 힘이다. 아무리 감정이 불꽃처럼 일어나도 차분히 사고하지 않으면 상대의 상태를 정확히 이해할 수 없다. 이 이해가 없이는 상대의 문제를 해결하는 데 도움을 주기 힘들다.

　　인지적 공감은 공감의 원심력을 강화해 공감의 반경을 넓힌다. 다만 정서적 공감이 훨씬 더 어렸을 때부터 자동으로 발현된다는 점에 비춰보면 인지적 공감은 더 고차원의 인지 작용이며 따라서 인지 부하가 많이 걸린다. 의식적으로 에너지가 많이 드는 인지적 공감을 활성화하려면 인간 본성과 사회적 맥락에 대한 주의 깊은 통찰과 이에 기반한 처방전이 필요하다.

　　이제 우리의 과제는 즉각적이고 쉬운 감정이 아니라 조금 어렵더라도 타인의 상황을 이성으로 이해하는 힘을 발휘하는 것이다. 우리 사회는 느낌의 공동체가 아니라 사고의 공동체가 되어야 한다.

바다출판사, 2022년, 160쪽

　공감이 부족해서 문제라고 한다. 진짜 그럴까? 의심이 해소되지 않아 찜찜
해하고 있을 때 이 책을 만났다. 내가 어렴풋이 고민하고 있던 문제를 이 책은
정면으로 다룬다. '공감'이라는 개념에 대해서 명쾌하게 구분 지어서 이야기
한다. 특히 이 문장을 만나면서 내가 찾고 있던 개념이 바로 '인지적 공감'이
라는 것을 깨달았다. 이 책의 저자인 장대익 교수가 경고하듯이, 사실 우리는
극공감의 세계에 살고 있는지도 모른다. 각자의 좁은 공감의 반경 안에서는
어떤 것이라도, 그것이 설사 올바르지 않다고 하더라도 서로 무조건적인 공
감을 한다. 극공감의 시대인 것이다. 그런 사람들에게는 좁은 공감의 울타리
안과 밖만 존재한다. 울타리 안에서 너무 깊이 공감해서 문제가 생긴다. 정서
적 공감의 극단적인 예라고 하겠다. 복잡하고 다양한 세상에서 두루두루 행
복하게 살기 위해서는 공감의 반경을 넓혀야만 한다. 나와 다른 세상이 있다
는 걸 인정하는 태도가 필요하다. 상대방의 입장에서 생각해보는 인지적 과
정이 필요하다. 그러면 연민이 생길 것이다. 그 연민을 바탕으로 공감의 반경
을 넓히다 보면 다정함도 생길 것이다. 이렇게 인지적 공감을 바탕으로 공감
의 깊이가 아닌 반경을 넓히는 것이야말로 우리의 시대정신일 것이다.

006

군주론

니콜로 마키아벨리

간과할 수 없을 만큼 중요한 주제가 있습니다. 군주가 신중하지 않거나 훌륭한 관리를 선출하지 못하면 피하기 어려운 실수입니다. 그것은 바로 궁정에 가득한 아첨꾼입니다. 자기 일에 만족한 나머지 자기기만에 빠진 사람은 아첨이라는 전염병에서 자신을 보호하기 어렵습니다. 또한 그렇게 하려고 하면 경멸을 받게 될 위험에 부딪힙니다. 아첨에서 자신을 보호할 유일한 방법은, 당신에게 진실을 말해도 당신이 불쾌하게 여기지 않는다는 사실을 사람들에게 이해시키는 것뿐입니다. 하지만 모두가 당신에게 진실을 말할 수 있다면 당신은 존경심을 잃게 됩니다. 그러므로 신중한 군주는 제삼의 방법을 선택해야 하는데, 나라에서 현명한 사람들을 뽑고, 그들에게만 자유롭게 진실을 말할 권리를 주는 것입니다. 다만 군주가 질문하는 것에 한해 그렇게 하도록 하고 다른 경우는 허용하지 말아야 합니다. 그러나 군주는 모든 일에 대해 질문하고 그들의 의견을 들어야 하며, 그런 다음 나름의 기준에 따라 혼자서 결정해야 합니다. 그리고 그들이 자유롭게 말할수록 군주가 충고를 더욱더 잘 받아들인다고 생각하게끔 행동해야 합니다. 그들 외에는 누구의 말도 듣지 말고, 결정한 일은 곧바로 추진하며, 자신이 내린 결정에 대해서는 확고부동한 모습을 보여야 합니다. 이와 다르게 처신하는 군주는 아첨꾼들 때문에 추락하거나 서로 다른 조언을 듣고 결정을 자주 바꿉니다.

김운찬 옮김, 현대지성, 2021년, 161~162쪽

◎ 책방 과학자의 생각

'《군주론》에서 말하는 것이 정치적으로 올바른가?' 이 생각을 잠시 접어둔다면, 이 책의 저자가 인간 본성을 제대로 꿰뚫어 보고 있다는 걸 인정하지 않을 수 없다. 인간의 본성을 충분히 이해하고 이를 바탕으로 사람을 마주하는 것과 그렇지 않은 것은 큰 차이가 있다. 인간 본성에 대한 인지를 바탕에 깔고 상대방을 보면, 그가 왜 그런 행동을 하는지에 대한 더 깊이 있고 근원적인 이해를 할 수 있을 것이다. 그리고 이것을 바탕 삼아 잘 대응한다면 좋은 관계를 유지할 뿐 아니라 좋은 결과도 얻을 수 있을 것이다. 여기서 '잘 대응한다'는 의미는 인간의 본성을 자연스럽게 받아들이면서도 그것이 현재 시점에서 올바른지 별개로 판단할 수 있는 지혜를 발휘한 경우를 말한다. 즉, 인간 본성이 원래 그런 것이기에 무조건 맞춰야 한다는 것이 아니라, 그럼에도 불구하고 현재의 관점에서 부적절하다고 판단되면 교육이든 훈련이든 인위적인 방식으로 억제하면서 다루어야 한다는 것이다. 이렇게 '잘'하기 위한 첫걸음은 냉정하게 인간의 본성과 마주하는 것이다. 《군주론》은 이것을 알아차리기 위한 좋은 관문이다.

007

장자

장자

✦

　어느 날 장주(莊周)가 나비가 된 꿈을 꾸었다. 훨훨 날아다니는 나비가 되어 유유자적 재미있게 지내면서도 자신이 장주임을 알지 못했다. 문득 깨어 보니 다시 장주가 되었다.

　장주가 나비가 되는 꿈을 꾸었는지 나비가 장주가 되는 꿈을 꾸었는지 알 수가 없다. 장주와 나비 사이에 무슨 구별이 있기는 있을 것이다. 이런 것을 일러 '사물의 변화(物化)'라 한다.

오강남 풀이, 현암사, 1999년, 134쪽

《장자》에서 가장 현대적인 장면이자 개인적으로 제일 좋아하는 부분이다. 현실과 가상의 경계가 없는 세상 또는 그것을 구분할 수 없는 세상에 대한 멋진 묘사다. 우리는 뇌가 만들어낸 이미지로 세상을 인식한다. 우리 몸 밖에 실재하는 세상이 있는지를 원론적으로 따지자면 알 수가 없다. 물론 우리가 사는 우주가 시뮬레이션된 가상의 세계라는 급진적인 주장도 있다. 이에 따른 증거가 있는 건 아니다. 하지만 딱히 아니라고 할 만한 증거도 없다. 우리가 가상 세계 속 캐릭터든 실재하는 생물학적인 존재든 어떠하리. 주어진 순간을 살아가는 수밖에.

008

사피엔스

유발 하라리

✦

　　대부분의 역사서는 위대한 사상가의 생각, 전사의 용맹, 성자의 자선, 예술가의 창의성에 초점을 맞춘다. 이런 책들은 사회적 구조가 어떻게 짜이고 풀어지느냐에 대해서, 제국의 흥망에 대해서, 기술의 발견과 확산에 대해서 할 말이 많다.

　　하지만 이 모든 것이 개인들의 행복과 고통에 어떤 영향을 미쳤느냐에 대해서는 아무것도 말해주지 않는다. 이것은 우리의 역사 이해에 남아 있는 가장 큰 공백이다. 우리는 이 공백을 채워나가기 시작해야 할 것이다.

조현욱 옮김, 김영사, 2015년, 560쪽

◎ 책방 과학자의 생각

이 글에 동의한다. 인류는 여기서 언급한 역사 서술 외에도 인류는 민중을 중심으로 역사를 기록해보기도 하고 풍속의 역사를 고찰해보기도 했다. 주체가 민중이 되고, 풍속이 주체가 되었다. 관점을 바꾼 역사 서술이었다. 그런데 역사는 여전히 거시적 흐름에 초점이 맞춰져 있다. 이제 개인의 역사를 들여다볼 때가 된 것 같다. 개인의 행복과 고통을 미시사적으로 기록하는 것을 넘어 역사서가 되려면 우선 '행복'과 '고통'을 잘 정의해야 할 것이다. 가능하다면 정량적으로 정의할 수 있으면 좋겠다.

009

칼 세이건의
말

칼 에드워드 세이건

✦

　이미 결혼을 하고 아들을 낳아 기르면서도, 교육을 받은 과학자 칼 세이건은 호기심 많은 아이 칼 세이건과 똑같은 관심사를 많이 공유했다. 그러나 한편으로는 그동안 천문학과 과학적 기법을 공부해온 덕분에 적잖은 수준의 회의주의적 태도도 갖추고 있었다.

　그가 공적인 경력에서 대부분의 기간에 성공적인 과학 옹호자가 될 수 있었던 것은 바로 이런 경이감과 회의주의의 긴장 덕분이었다. 그는 과학자가 아닌 사람들의 마음을 끌기 위해서는 경이감을 전달해야 했지만, 자신이 소개하는 과학에 충실하기 위해서는 회의주의자가 되어야 했다. 이 점에서 그는 과학이 제기하는 문제가 한 인간에게 반영된 존재라고도 할 수 있었다.

　세이건에 따르면, 효과적인 과학은 늘 잠정적이어야 하지만 그것도 어느 지점까지만 그렇다. 어느 시점이 되면 결국 하나의 생각에 헌신해야 하는 때가 온다. 그는 웨이킨에게 "우리가 생존하려면 창조성과 의심을 적절히 섞어서 갖고 있어야 합니다"라고 말했다.

톰 헤드 엮음, 김명남 옮김, 마음산책, 2016년, 10~12쪽

◎ 책방 과학자의 생각

과학적 경이로움을 느끼고 과학 지식을 쌓는 것은 중요하다. 하지만 이것으로 무장한 사람은 오히려 위험할 수 있다. 왜냐하면 자신의 경험과 한 줌의 지식을 바탕으로 과도한 확신에 차 있을 확률이 높기 때문이다. 이런 사람은 과학의 권위를 내세우면서 확신으로 가득한 시선으로 세상을 바라보고, 자신이 항상 옳다고 착각한다. 확신을 가지면 어떠한 오류를 인정하지 않기 때문에 자신과 다른 의견을 가진 사람들을 적으로 규정하기 쉽다. 그러므로 회의주의적 태도가 중요하다. 자기 자신조차 항상 의심하는 태도야말로 확신이라는 편향을 극복할 수 있는 방어막이 될 것이다. 과학적 태도라는 것은 경이로움과 지식을 한 축으로 하여 과학을 즐기면서도 끊임없이 자신이 틀릴 수 있다는 회의주의적 태도를 견지하는 것이다. 칼 세이건의 말처럼, 과학은 늘 잠정적이어야 하고 그것을 대하는 과학적 태도 역시 늘 잠정적이어야 한다.

010

빅 히스토리

데이비드 크리스천,
밥 베인

✦

　인류는 농경을 하기 시작하면서 종으로서 매우 극적으로 변화했습니다. 이것은 인류가 가장 영양가 있는 밀, 쌀, 옥수수 또는 가장 다루기 쉽고 살찐 동물을 선택했기 때문입니다. 그 결과는 몇 세대가 지나지 않아 새로이 작물화된 종 혹은 가축화된 종으로 나타나기 시작했으며, 자연선택이 아니라 인위적 선택으로 창조되었습니다.

　만약 여러분이 두툼하고 영양가가 높으며 맛있는 오늘날의 옥수수 속과, 다소 빈약하고 잡초처럼 생긴 것으로 오늘날의 옥수수의 조상인 테오신트를 비교한다면, 이 차이를 매우, 아주 분명하게 이해하게 될 것입니다. 혹은 다른 예로, 살찌고 온순하며, 솔직히 말해서 그리 영리하지 않은 오늘날의 가축화된 양과 그 양의 조상으로 매우 영리하고 운동신경이 뛰어난 산양을 비교해보세요.

조지형 옮김, 해나무, 2013년, 308쪽

◎ 책방 과학자의 생각

자연선택을 통해서 진화한 호모 사피엔스가 인위선택을 통해서 곡물과 가축을 통제하기 시작했다는 것은 놀라운 일이다. 자연선택의 주체가 자연환경이라면, 인위선택의 주체는 인간이다. 인간은 인위선택을 통해 자신들에게 유용한 곡물과 가축을 만들어내면서 현재의 문명을 건설했다. 그리고 그 혜택을 지금의 우리가 누리고 있다. 그런데 인류는 이런 인위선택을 넘어서 인간 자신을 개조하고 확장하려고 한다. 기계와 인간의 통합으로 인간 확장을 하는 데 그치지 않고 유전자가위 같은 유전공학 기술을 활용해 인간이 인간을 인위선택하는 단계까지 나아가려고 한다. 윤리적인 문제도 따져봐야겠지만, 먼저 인간과 기계 그리고 인조인간 사이의 관계를 시대에 맞게 정립하는 것이 우선되어야 하지 않을까. 이것들을 차이의 관점에서 볼 것인가, 아니면 하나의 통합된 플랫폼에 올려놓고 볼 것인가. 이에 따라서 호모 사피엔스의 미래가 달려 있다.

011

과학 혁명의
구조

토머스 S. 쿤

과학자들은 이성적인 사람들인 까닭에, 이런저런 논증들은 결국 많은 과학자들을 설득시키게 될 것이다. 그러나 그들 모두를 설득할 수 있거나 설득시켜야 하는 단일한 논증은 존재하지 않는다. 실제로 일어나는 일은 단일 그룹의 개종이라기보다는 전문 분야의 신념의 분포에서 점차로 전이가 증대되는 것이다.

패러다임의 새로운 후보는 당초에는 지지자도 거의 없고 지지자의 동기도 의심스러운 경우가 많다. 그럼에도 불구하고, 지지자들이 유능한 경우에는 패러다임을 개량하고, 그 가능성을 탐구하고, 그것에 의해서 인도되는 과학자 공동체에 속하는 것이 어떤 것인지를 보여준다. 그리고 그런 일이 진행됨에 따라서, 만일 패러다임이 투쟁에서 승리를 거둘 운명이라면, 설득력 있는 논증들의 수효와 강도가 증강될 것이다. 그에 따라서 보다 많은 과학자들이 개종할 것이고, 새 패러다임의 탐사 작업이 계속될 것이다.

점차 새 패러다임에 기초한 실험, 기기, 논문, 서적 등의 수효가 불어날 것이다. 계속해서 새로운 관점이 효과적이라는 점에 설득된 더 많은 사람들이 정상과학을 수행하는 새로운 방식을 채택하게 되면서, 결국 소수의 나이 많은 저항자들만이 남을 것이다.

김명자, 홍성욱 옮김, 까치, 2013년, 273~274쪽

◎ 책방 과학자의 생각

　과학자들은 보통 정상과학이라 부르는 그 시대의 패러다임을 받아들이고 그 기준에 준해서 연구하는 경향이 있다. 하지만 그 패러다임에 반하는 새로운 증거들이 쌓이다가 어느 시점에 임계점을 넘으면, 기존의 패러다임을 폐기하고 새로운 패러다임으로 급격하게 옮겨가는 속성이 있다. 저자는 이런 과학자들의 속성을 '종교적 개종'에 비유했다. 개인적으로 '개종'이라는 말이 적절한가에 대한 의문이 있지만, 그만큼 충격적이고 급변한다는 의미로 받아들이면 큰 무리는 없을 것 같다. 과학의 가장 큰 미덕 중 하나는 자기 시대의 패러다임이 소명을 다하고 진실로부터 멀어졌을 때 그것을 거침없이 송두리째 파기한다는 점이다. 그리고 이런 메커니즘이 작동하는 한, 과학은 멈추지 않고 한 걸음씩 나아갈 것이다.

012

사다리
걷어차기

장하준

✦

　개발도상국들이 각국의 발전 단계를 비롯해 기타 조건과 상황에 더 적합한 정책과 제도를 채택할 수 있도록 하면 1960년대와 1970년대에 그랬던 것처럼 더 빠른 성장을 할 수 있을 것이다. 이는 개발도상국에게만 유익한 것이 아니라, 장기적으로 볼 때 무역과 투자 기회가 넓어지는 효과를 가져오기 때문에 선진국에게도 유익한 일이다.

　선진국이 이 점을 인식하지 못한다는 것이 바로 우리 시대의 비극이다. 동양식 속담을 빌리면 '소탐대실'의 우를 범하고 있는 형국인 것이다. 이제 현 개발도상국들이 더 빨리 경제 개발을 하는 데 도움이 되는 정책과 제도에 대해 다시 생각할 때가 되었다. 그렇게 하는 것이 선진국들에게도 더 큰 혜택이 될 것이다.

김희정 옮김, 부키, 2020년, 285~286쪽

◎ 책방 과학자의 생각

국가든 개인이든 다른 사람의 성장과 발전을 바라보는 시선을 바꾸면 세상이 조금은 더 좋아질지도 모른다. 타자의 발전이 전체적인 볼륨을 크게 하고 기회를 창출하는 데 도움이 되어 마침내 그 열매가 자신에게 돌아온다는 성찰을 할 수만 있다면 말이다. 현실은 녹록지 않다. 당장의 이익 앞에서 장기적이고 불확실한 이익을 기다릴 틈이 없는 것이 인지상정이다. 이 글에서 주장하는 논점에는 전적으로 동의한다. 그런데 '어떻게 그렇게 만들 것인가?' 하는 질문에 도달하면 뾰쪽한 답이 없다. 그게 우리의 현실이다.

013

물고기는
존재하지 않는다

룰루 밀러

✦

　데이비드 스타 조던은 죽는 날까지 열광적인 우생학자로 남았다. 마지막 순간의 깨달음이나 회한을 보여주는 증거는 전혀 없다. 자기 노력의 결과로 칼질을 당하고 흉터와 수치만 남은 수천 명에 대해서도, 자기 권력을 놓지 않으려 투쟁하는 와중에 짓밟힌 사람들—제인 스탠퍼드, 그에게 명예가 훼손된 의사들, 그가 해고한 스파이, 그에게 성도착자 소리를 들은 사서—에 대해서도.

　오싹했다. 그 잔인성과 무자비함이. 그 추락의 무지막지한 깊이와 그 파괴적 광란의 크기가. 토할 것 같았다. 내가 모델로 삼으려 했던 자는 결국 이런 악당이었던 것이다. 자기 자신과 자신의 생각에 대한 확신이 너무나 강한 나머지, 이성도 무시하고 도덕도 무시하고, 자기 방식이 지닌 오류를 직시하라고 호소하는 수천 명의 아우성—*나도 당신과 마찬가지로 인간이요*—도 무시해버린 남자.

　어떻게 이런 일이 일어난 것일까? "숨어 있는 보잘것없는" 것들에 몰두하고 관심을 기울이던 그 상냥했던 소년이, 어떻게 바로 그 숨어 있는 보잘것없는 존재들을 기꺼이 말살하려는 남자가 된 것일까? 그의 이야기 중 어느 지점에서 변한 것일까? 그리고 왜?

정지인 옮김, 곰출판, 2021년, 201쪽

◎ 책방 과학자의 생각

진실이라고 믿었던 것이 진실과 다를 때 우리는 어떤 태도로 어떤 행동을 취해야 할까. 《물고기는 존재하지 않는다》는 그런 상황에서 우리가 취해야 할 행동에 대한 지침서 같은 책이다. 이 책은 새롭게 마주한 진실을 직시하고 그에 따라서 모든 것을 바로잡아야 한다는 깨달음을 준다. 말이 쉽지 실천하는 건 어렵다. 그런데 그 어려운 실천을 한 기록인 이 책을 보면 응원하는 마음이 생기고 다짐도 하게 된다. 진실이 밝혀지면 그 진실이 비추는 빛의 길을 따라가면 될 것이다.

이 책이 출간된 후, 해당 학교 구성원들의 항의로 데이비드 스타 조던의 이름이 붙은 건물의 이름이 변경되었다.

014

조선이 만난
아인슈타인

민태기

✦

　아인슈타인이 일본을 방문한 다음 해인 1923년, 도쿄 유학생들은 여름방학 동안 조선 전역을 순회하는 강연을 기획한다. 그들의 리더로는 한위건과 이여성이 있었고, 여기에 도쿄 제국대학 수학과에 재학 중이던 최윤식이 합류했다. 그들은 1920년부터 해오던 하기 순회강연의 주제를 상대성이론으로 삼기로 했다. 이들 도쿄 유학생은 한 해 전 아인슈타인의 일본 방문이 얼마나 대단한 영향을 끼쳤는지, 동시에 조선 전역에 얼마나 큰 상대성이론 열풍이 불었는지 그리고 아인슈타인과 상대성이론이 조선 민족에게 얼마나 중요한지를 잘 알고 있었다.

위즈덤하우스, 2023년, 96쪽

◎ 책방 과학자의 생각

일제강점기에 활동한 독립운동가들과 문인들의 삶은 어느 정도 세상에 알려져 있다. 그런데 과학자들의 행적에 대해선 알려진 것이 별로 없다. 우리나라가 해방된 후 빠른 시간 안에 과학과 기술을 이만큼 발전시킨 것은 우연이 아니다. 이 글에도 나오듯 과학자들을 비롯해 많은 조선인이 자신의 자리에서 현대 과학을 공부하고 과학 운동을 했던 배경이 있었기에 가능했던 일이다. 해방 후에 조국으로 돌아온 과학자들이 많은 학생을 길러냈다. 오늘날 한국의 과학과 기술은 그들에게 많은 빚을 졌다. 어떤 분야든 그렇겠지만, 보이지 않는 곳에서 묵묵히 행동한 사람들이 있어서 오늘이 있는 것이다.

015

침묵의 봄

레이첼 카슨

자연에 닥친 위험을 인식하는 사람은 극소수다. 전문가의 시대라고 하지만 각자 제 분야에서만 위험을 인식할 뿐, 그 문제들이 모두 적용되는 훨씬 더 광범위한 상황은 인식하지 못하거나 무시한다. 공업화 시대라서 그런지 어떤 대가를 치르든 이윤을 올리기만 하면 별다른 제재가 가해지지 않는다. 살충제 남용이 빚어낸 문제의 확실한 증거를 목격한 일반 시민들이 항의하면, 책임자들은 절반의 진실만이 담긴 보잘것없는 진정제를 처방하곤 한다. 우리는 이런 잘못된 위안을, 그대로 받아들일 수 없는 사실에 입혀진 당의를 한시라도 빨리 제거해야 한다.

해충 박멸업자들이 야기한 위험을 책임져야 하는 사람은 바로 일반 시민이다. 지금과 같은 방제법을 계속 고집할지 결정하려면 현재 벌어지는 상황과 진실을 제대로 알아야 한다. 장 로스탕(Jean Rostand)은 이렇게 말했다. "참아야 하는 것이 우리의 의무라면, 알아야 하는 것은 우리의 권리다."

김은령 옮김, 에코리브르, 2024년, 72쪽

◎ 책방 과학자의 생각

　환경 문제에 대한 사회적 책임과 시민의 역할은 오래된 현재진행형 문제다. 시민들의 알권리 중 가장 중요한 것은 정보, 즉 데이터에 접근할 권리라고 생각한다. 후쿠시마 원전 오염수 배출을 둘러싼 갈등을 살펴보자. 과학이라는 이름을 내세워 위험하다는 측과 안전하다는 측의 대립이 있다. 이 사안의 과학적 태도에 대해 명확하게 말하겠다. 이러한 주장은 과학적이지 않다. 도쿄전력이 데이터를 공개하지 않은 상황에서, 데이터를 바탕으로 한 과학적 결론은 내릴 수 없다. 그것이 과학적 태도일 것이다. 데이터를 공개하지 않는 상황에서 후쿠시마 원전 오염수 방출 문제는 과학의 문제가 아니라 잠정적으로 사회적·정치적 문제가 된다. 우리가 먼저 할 일은 알권리 차원에서, 과학적 결론을 내기 위해서 데이터 공개를 촉구하는 것이다.

016

코스미그래픽

마이클 벤슨

오늘날 과학적으로 발전된 시대를 살아가는 누군가는 과거에 혜성을 곧 다가올 종말의 징조로 생각했던 옛날 사람들이 원시적인 미신이나 믿는 듯 보인다며 비웃을지도 모른다. 하지만 우리는 슈메이커-레비9 혜성이라는, 뒤통수를 때렸던 중요한 사건을 잊어선 안 된다. 1992년 이 혜성은 태양계 안쪽으로 날아오던 중 21개의 거대한 조각으로 쪼개졌다. 1994년 6월에는 빠른 속도로 목성에 충돌했다. 당시 관측되었던 화구 중 가장 큰 것은 최대 3,200킬로미터 크기까지 관측되었다. 그리고 가스 행성의 대기권에 혜성 조각이 충돌하면서 생긴 멍 자국의 크기는 6,000킬로미터부터 1만 2,000킬로미터까지 다양했다. 즉 거의 지구 지름의 두 배가 넘었다. 슈메이커-레비 혜성이 남긴 가장 강력한 충돌의 위력은 6메가톤에 맞먹었다. 이것은 지구상 모든 핵무기의 위력을 합한 것의 6배에 달한다.

즉 혜성은 실제로 두려운 존재일 수 있다. 혜성을 종말의 전조라 생각했던 옛날 사람들을 비웃는 것보다는 일식이 벌어지는 동안 하늘을 향해 총을 쏘고 북을 쳤던 사람들을 비웃는 것이 더 자연스러울 것이다.

지웅배 옮김, 롤러코스터, 2024년, 299쪽

◎ 책방 과학자의 생각

천체의 정체를 몰라서 두려워했던 시절이 있었다. 갑자기 나타났다 사라지는 혜성이나 태양이 갑자기 어두워졌다가 밝아지는 일식 현상은 그 자체로 충격이었고 두려움의 대상이었을 것이다. 현재의 관점으로 보면 혜성이나 일식에 대응했던 당시 사람들이 어리석기 짝이 없을 것이다. 하지만 관점을 당시로 옮겨보면 천체 현상의 원인을 모르는 상태에서 공포를 느끼고 그들 나름의 방식으로 대응한 것은 적절했다고 볼 수 있다. 현대에는 혜성에 대한 두려움의 성격이 바뀌었다. 우리는 혜성이 지구에 충돌했었고 충돌할 수 있다는 사실을 알고 있기에. 그에 대한 두려움을 가지고 있다. 혜성의 정체와 충돌에 대한 정보를 알고 있는 지금. 우리는 두려움이 있어도 어떻게 참사를 막을지에 대한 궁리도 할 수 있게 되었다. 아는 것과 모르는 것의 차이다.

017

이휘소
평전

강주상

✦

1969년 겔만이 노벨상을 받았을 때 이휘소가 어머니에게 보낸 편지에는 노벨상에 대한 담담한 태도와 자신감이 묻어난다.

"잘 아시는 것과 같이 금년 노벨상은 입자 물리학에 주어져 저도 생각하는 점이 많았습니다. 이와 같은 세계 제일의 상에는 후보자도 많고, 또 저의 공적이 아직 제일 많은 것이 아니기에 수년 내에 받을 것을 바라지 못합니다. 제가 능력이 있는 대로 일생 연구에 더 주력하겠습니다. 능력, 행운 모두 있어야지요. 진인사대천명(盡人事待天命)."

안타깝게도 이휘소는 능력은 있었지만 행운이 없었다. 할 일을 다하였으나 천명이 허락하지 않았다. 하지만 노벨상 하나의 운이 없었다고 하여 이휘소의 생이 불우했다곤 말할 수 없다. 죽고 나서야 인정받은 숱한 불우한 천재들에 비하면 이휘소는 살아생전에 이미 최고의 과학자로 인정받았을 뿐 아니라, 그의 주요 논문들은 여전히 물리학 연구자들의 필독서로 읽히고 있다.

이휘소는 결코 불행하지 않았다. 그를 잃은 세계 물리학계가 불행한 것이다.

사이언스북스, 2017년, 19쪽

◎ 책방 과학자의 생각

노벨상이 가장 권위 있는 상이라는 건 분명하다. 그러나 과학자들이 노벨상을 받기 위해서 연구를 하는 건 아니다. 노벨상 수상은 목적도, 목표도 될 수 없다. 물론 연구 성과가 좋은 과학자들은 자신의 노벨상 수상을 기대하고 있을지도 모른다. 그러한 속내는 이휘소 박사가 어머니에게 보낸 편지에 아주 솔직하게 드러나 있다. 비록 그가 일찍 죽는 바람에 노벨상을 수상하지 못했지만. 그의 동료들은 노벨상을 탈 때마다 이휘소 박사가 살아 있었다면 공동 수상을 했을 것이라고 밝혀온 바 있다. 어쩌면 그야말로 노벨상 수상자들이 주는 진짜 노벨상을 받은 게 아닐까.

018

별먼지와 잔가지의
과학 인생 학교

이명현, 장대익

✦

　과학의 최고 덕목은 인간, 자연, 우주에 대한 사실들을 끊임없이 업데이트해 준다는 점입니다. 중세 시대의 보통 사람들이 추구했던 삶의 가치가 요즘 사람들의 것과 다른 가장 큰 이유는 그들이 받아들인 '사실 집합'과 오늘날 우리가 받아들인 '사실 집합'이 크게 달라졌기 때문입니다. 이 집합의 변화는 주로 과학이 담당했습니다. 이런 맥락에서 만일 지금도 중세적 가치를 품고 사는 사람이라면 그에게 필요한 것은 새로운 가치가 아니라 그동안 업데이트된 새로운 사실들일 것입니다. 인생을 풍요롭게 살고자 한다면 풍요로움의 원천을 받아들여야 합니다. 그 풍요로움의 원천이 바로 과학입니다.

사이언스북스, 2023년, 203쪽

◎ 책방 과학자의 생각

　이 책을 쓰기 위해 장대익 교수와 제주도의 한 리조트에서 여러 날을 보냈다. 점심과 저녁 식사 시간에는 같이 이야기를 나누고 나머지 시간에는 각자의 공간에서 글을 썼다. 우리는 과학 이야기를 비롯해 많은 이야기를 나누었지만 결국 우리의 시선은 인간에게로 향했다. 풍성하고 행복한 삶을 살려면 어떻게 해야 할까. 그 답은 현대 과학의 지식과 태도를 수용해서 우리 자신을 업데이트하는 것이다. 과학은 최종적인 진리나 진실이 아니다. 오히려 그것을 찾아가는 과정의 학문이고, 그 과정을 통해서 세상을 대하는 태도이다. 과학은 인류의 오래된 근원적인 질문에 당시에 내놓을 수 있는 가장 현대적이고 동시대적인 답을 한다. 그 답은 시대마다 조금씩 바뀌어 왔다. 물론 나중에 완전히 틀린 것으로 밝혀지기도 했다. 천동설이 지동설이 되는 과정이 그 예일 것이다. 그래서 과학을 시대의 과학이라 부르기도 한다. 현대사회를 살아가는 우리에게 꼭 필요한 것은 업데이트된 현대 과학의 지식과 이를 바탕으로 한 과학적 태도. 모든 사람이 이것을 바탕으로 동시대와 실시간으로 호흡하는 현대인으로 살아가길 바란다. 과학은 우리 시대의 핵심교양이다. 업데이트를 하자.

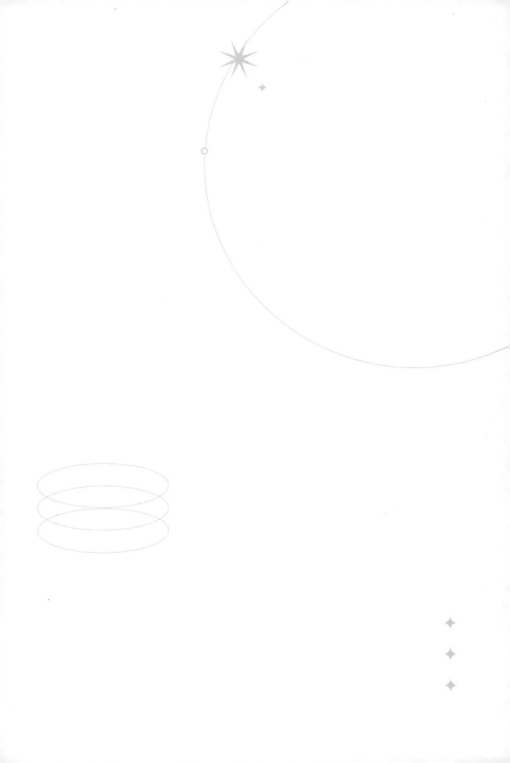

알고 보면

재미있는

과학서

한 번 읽으면 멈출 수 없는
──────── 과학서의   매력_____

과학을 이야기하는 책을 과학책이라고 하지만 사실은 교양 과학책이라고 불러야 한다. 찰스 다윈이 쓴《종의 기원》은 과학책이면서 동시에 교양 과학책이다. 과학자를 대상으로 한 새로운 연구 결과를 담은 내용이어서 전문적인 과학책이라 하겠다. 한편 일반인을 대상으로도 썼기 때문에 교양 과학책이라고도 할 수 있다. 다윈의 시대에는 과학자들이 자신의 업적을 책이라는 형태로 과학자와 일반인에게 발표하는 것은 흔한 일이었다. 현대의 과학자들은 더 이상 과학적 발견이나 내용을 책을 통해서 발표하지 않는다. 전문적인 과학 저널을 통해서 논문 형태로 발표한다. 과학 저널에 논문이 실리려면 동료들의 엄격한 심사를 거쳐야만 한다. 따라서 일반인들이 전문적인 과학 저널에 접근하기는 무척 힘들기에, 과학의 발견이나 과학적 내용을 일상 언어로 바꿔서 이야기할 필요가 생겼다. 그래서 과학자들이 직접 책을 써서 과학 이야기를 전하게 됐다. 이런 경우 더 이상 학술적 가치를 부여하지는 않는다. 과학자가 썼다고 하더라도 동료 과학자들의 심사를 거치지 않았기 때문이다. 과학의 발견과 경이로움을 일상 언어로 번역해서 설명하는 역할은 과학저술가가 맡고 있으며, 넓게는 과학 커뮤니케이터가 주로 맡고 있다. 그런 의미에서 현재 출간되는 대부분의 과학책은 교양 과학책이다. 칼 세이건이 쓴《코스모스》는 훌륭한 책이지만《종의 기원》처럼 전문적이고 학술적인 가치를 지니고 있지 않기에 고전이 된 교양 과학책이라고 할 수 있겠다.

초등학교 시절부터 나의 과학 지식의 원천은 잡지였다. 특히 〈학생 과학〉이라는 잡지를 처음 만났을 때의 느낌은 지금도 기억하고 있을 정도다. 온 세상, 아니 온 우주를 얻은 것 같은 희열이었다. 세상과 나 그리고 우주와 내가 하나가 되는 느낌이랄까. 명상의 극치에서 이런 상태가 된다고 하는데, 어쩌면 당시의 나는 그런 상태였는지도 모른다. 과학이 알려주는 지식의 황홀함과 함께 그것으로부터 추론되는 경이로움이 나를 압도했다. 과학자를 꿈꾸던 내가 청소년기에 읽었던 교양 과학책들은 과학적 지식에 대한 욕망을 채워주는 역할을 했다. 그런데 돌이켜보면 그것이 전부는 아니었다. 물론 교양 과학책이 과학 지식을 전달하는 데 큰 역할을 하는 것은 사실이다. 하지만 교양 과학책은 과학자나 과학저술가가 일반인을 위해 쓴 책이기 때문에 지은이의 가치관이나 관점이 담겨 있다. 나는 교양 과학책을 읽으면서 과학적 지식뿐 아니라 세상을 바라보는 저자의 과학적 태도도 함께 배웠다. 어느 순간부터는 그들이 세상을 바라보는 태도와 관점이 나의 것이 되었고, 나아가서 나만의 가치관과 세계관이 되어 있는 것을 알아차렸다. 나의 타고난 형질이 강하게 작동했을 테지만, 교양 과학책을 읽으면서 과학의 경이로움에 공감하고 과학적 태도로 세상을 살아가는 연습을 계속했기에 지금의 내가 될 수 있었다고 생각한다.

교양 과학책이 단순히 과학적 지식을 알려주고 세상의 경이로움만을 제시하는 건 아니다. 이 속에는 과학적 태도가 담겨 있다. 더 나아가서 과학적 태도를 어떻게 실천할 것인지에 대한 지혜도 녹아 있다. 교양이란 동시대 시민으로 살아가는 데 필요한 최소한의 지식과 태도를 말한다. 현대는 과학과 기술을 바탕으로 문화와 문명이 건설된 사회다. 이런 세상을 잘 살아가는 데 필요한 가장 중요하고 핵심적인 요소는 과학일 것이다. 그런 과학을 교양 수준에서 만날 수 있는 가장 보편적인 매체 중 하나가 교양 과학책이다. 이러한 의미에서 교양 과학책을 그냥 교양책이라고 부를 날이 곧 올 것이다. 교양 과학책을 읽는다는 것은 세상을 동시대적으로 살아가는 지혜를 얻는 것이다.

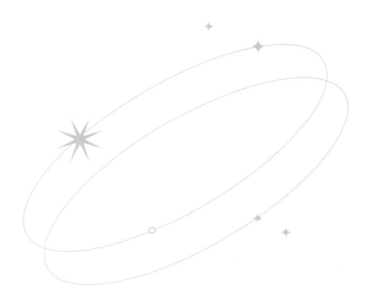

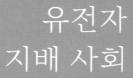

019

유전자
지배 사회

최정균

모든 것을 물질의 작용으로 환원해 버리는 과학이 지배하는 현대사회에서 사랑만큼은 여전히 신성한 영역으로 남아 있다. 그런데 번식이라는 목적으로 진화가 고안해낸 사랑은 사실 상대방을 위한 것이 아니라 자기 자신의 만족을 위해 작동하는 신경 기관의 메커니즘이다. 예를 들어, 신경과학자들은 어미 쥐가 새끼를 핥아줄 때마다 어미 쥐의 뇌에서 도파민 분비가 유도된다는 것을 관찰했다. 도파민은 뇌의 보상 체계에서 작동하는, 쾌감과 행복감을 느끼게 하는 신경전달물질이다. 즉, 어미의 뇌는 자식을 돌보면서 스스로 만족감을 느끼도록 진화해왔다는 것이다. 새끼를 갖기 위해서는 짝을 만나야 하므로 사랑이라는 감정은 짝짓기를 유도하는 힘으로도 작용한다.

사랑을 가장한 유전자의 책략이 적나라하게 드러나는 순간은 바로 남녀가 사랑에 빠졌을 때다. 사랑에 빠진 인간의 뇌 회로에 작동하는 신경전달물질은 마치 마약처럼 작동하며, 중독과 같은 이러한 자기만족은 성관계라는 궁극적인 쾌락에서 그 절정을 맞게 된다. '사랑 호르몬'이라고도 불리는 옥시토신은 특히 엄마와 아기의 유대 관계가 깊어질수록 더 많이 분비되며 연인 사이에 스킨십을 할 때도 분비되어 애정을 고무시킨다. 이런 의미에서 사랑은 유전자의 번식이라는, 자연으로부터 부여받은 지상 과제를 수행하게끔 만드는 자기만족 기제다.

동아시아, 2024년, 25~26쪽

◎ 책방 과학자의 생각

　낭만적 사랑, 감성적 사랑은 호르몬의 결과다. 그렇다고 사랑의 의미가 퇴색되는가. 아니, 오히려 그 반대라고 생각한다. 사랑의 묘약에 빠지는 것은 인간의 본성이고 일생을 살면서 한 번쯤 빠져볼 만한 경험이다. 사랑이 호르몬의 결과라고 인식하고 자각하면 얻는 이득도 있다. 건강한 관계의 사랑을 유지하다가 생기는 문제는 보통 집착과 질투에서 비롯된다. 따라서 '사랑은 운명이다'라는 생각에서 벗어나면 집착을 줄일 수 있고, 상대를 독점하겠다는 본성을 진화적으로 인식하면 질투의 본질을 깨달을 수 있다. 집착과 질투만큼 사랑을 망치는 것이 또 있을까. 감성적 사랑을 넘어서 인지적 사랑을 할 수 있는 기회가 올 것이다.

정재승의
과학 콘서트

정재승

✦

　복잡계(complex physical systems) 과학자들은 창의적인 아이디어가 뇌 안에서 동기화를 만들어내는 방식에서 탄생한다고 설명한다. 풀어야 할 문제를 제대로 이해하기 위해 많은 정보를 수집하고, 낡은 아이디어들을 조합하고 연결해서 새로운 아이디어를 찾아내는 노하우가 마치 반딧불이들이 동시에 같은 박자로 깜빡이는 것처럼, 뇌의 여러 영역들이 동시에 일정한 신호를 주고받으면서 연결되는 현상과 유사하다는 얘기다. 그렇다! 바로 그거다. 기발한 아이디어는 무에서 유를 창조하는 것이 아니라, 문제의 본질을 정확히 꿰뚫어본 후에, 기존의 아이디어들을 조합하고 연결해서 문제에 딱 맞는 해결책을 마련하는 것이다. 그리고 그 실마리는 종종 엉뚱한 곳에 있다.

어크로스, 2020년, 347~348쪽

새로운 아이디어 또는 창의적인 생각에 대한 사회적 개념은 시대가 바뀌고 새로운 과학 지식이 쌓이면서 변해왔다. 과학이 알아낸 시대의 진리에 따라서 이를 수용하는 사회의 통념이 바뀐 것일 수도 있다. 오래전 그런 변곡점을 지나가던 때 이 글을 만났다. 현재 시점에서 과학자들이 생각하는 창의적인 아이디어에 대한 모범 답안을 만난 느낌이었다. 그리고 그것은 나에게도 마찬가지였다. 창의성은 단지 엉뚱한 생각이 아니다. 충실한 기본 지식을 바탕으로 그것들을 낯설지만 개연성 있게 연결해내는 능력이다. '정보'를 흩어진 여러 점이라고 한다면, '지식'은 정보들이 연결된 선이다. 이렇게 연결된 선들 사이에서 창발하는 것이 새로운 아이디어일 것이다. 무에서 유가 덜컥 생기는 것이 아니라 기존의 유에서 의미 있는 새로운 유가 생기는 것이 바로 창의적인 아이디어다. 과학의 발전을 이야기할 때 흔히 거인의 어깨에 올라타고 그 너머를 보아야 한다고 비유한다. 창의성을 기르고 창조적인 사고를 하는 사람이 되고 싶다면 기본부터 충실하게 다지는 것이 중요하다. 요즘처럼 무엇이든 빨리 변하는 세상에 대응하는 가장 확실하고 안전한 방법은 급격하게 변하지 않는 기초와 기본을 탄탄하게 갖추는 것이다.

다윈 지능

최재천

유전자로부터 단백질이 만들어지는 과정은 거의 한 치의 오차도 없이 진행된다. 그렇게 만들어진 단백질들이 모여 생명체의 몸과 정신을 이룬다. 이 과정에는 상당한 변이가 나타난다. 아무리 동일한 단백질들을 가지고 만들어도 결과적으로 나타나는 형태는 사뭇 다를 수 있다.

　행동이란 형태가 만들어 내는 결과물이다. 이 과정에는 더욱 많은 편차가 존재한다. 한때는 행동도 과연 유전하느냐는 질문을 놓고 생물학계에서 논쟁을 벌인 적도 있었지만 지금은 행동의 유전적 근거를 의심하는 과학자는 없다. 만일 문화를 '한 개체군의 모든 행동 유형의 집합체'라고 정의한다면 문화도 그 근원을 파고들면 결국 유전자로 수렴될 수밖에 없다.

　이런 관점에서 누가 만일 나에게 유전자 결정론자냐고 묻는다면 나는 그렇다고 대답할 용의가 있다. 거듭 강조하건대 그렇다고 해서 유전자의 꼭두각시를 상상할 필요는 없다. 다만 우리가 하는 모든 일은 결국 우리 인간 유전자가 허락하는 한도 내에서만 가능하다는 점을 말하고 싶을 뿐이다.

사이언스북스, 2022년, 335쪽

◎ 책방 과학자의 생각

'행동이란 형태가 만들어내는 결과물이다.' 이 문장을 읽으면서 나도 모르게 '아하' 하고 소리를 질렀다. 내가 하고 싶었던 말이었다. 지성을 갖춘 전문가의 말이나 글을 경청하고 정독할 필요가 있음을 대변하는 장면이었다. 어렴풋이 아는 것 같아도 자신의 목소리로 표현하기 힘든 내용이 있다. 이 글을 만나면서 지성인의 입을 빌려 나의 마음을 속 시원하게 표현하는 기쁨을 맛봤다. 문화나 문명 같은 인간 행위의 바탕을 이해하려면 일단 사회학적이나 심리학적인 접근, 즉 인문학적인 판단이 필요할 것이다. 당장 겉으로 보이는 인간의 행위와 행동 그리고 그 결과물인 문화와 문명을 보면, 거의 모든 인간의 문화와 문명이 사회적이고 정치적인 동물로서의 인간이 만들어내고 구성한 인간 고유의 특성처럼 보인다. 사실 인간이 하는 모든 행위를 탐구하는 것이 인문학이니. 그것이 과학적 탐구건 생물학적 탐구건 결국 모든 것이 인문학이라고 할 수 있다. 여기서 중요한 것은 우리 인간 또한 생물이고 세포로 이루어져 있으며 유전자로 구성되어 있다는 엄연한 사실이다. 문화나 문명의 근원을 파고들어가면 결국 만나게 되는 것이 유물론적인 바탕이다. 인간을 탐구하는 모든 것은 인문학의 영역이지만 그 너머의 보편적 심연에 대해서 탐구하는 모든 것은 진화심리학과 진화생물학으로 수렴할 것이다. 인간이 있고 나서 생명체가 있는 것이 아니듯 인문학이 있고 나서 생물학이 있는 것이 아니다. 결코 그 반대가 아니다.

022

나의 시간은
너의 시간과 같지 않다

김찬주

✦

　미래로의 시간 여행은 시간 팽창과 사실상 같은 말입니다. 시간의 흐름을 인간이 막을 수 없듯이, 미래로의 시간 여행도 우리의 의지와 무관하게 우리 몸의 움직임에 따라 자동으로 일어납니다. 우리가 못 느끼고 있을 뿐이죠.

　우리의 몸조차도 각 부분마다 제각각 다른 시간 여행을 합니다. 여러분이 손가락 한 개를 움직이면 그 순간 그 손가락만 미래로 시간 여행을 합니다. 눈을 깜박이면 눈꺼풀만, 머리카락이 흩날리면 그 머리카락만 몸의 다른 부분보다 나이를 덜 먹습니다. 우리의 심장은 태어나서부터 죽을 때까지 쉬지 않고 뜁니다. 꾸준히 시간 여행을 하고 있겠지요. 더 나아가 우리 몸은 1028개, 즉 억의 억의 조개가 넘는 원자로 구성되어 있습니다. 이 모든 원자는 각각 자신만의 고유한 시간 흐름을 경험합니다.

세로북스, 2023년, 203~204쪽

◎ 책방 과학자의 생각

아인슈타인의 상대성이론에 따르면 시간 간격의 크기는 움직이는 속도가 빠를수록, 중력이 클수록 커진다. 1초의 길이가 상황에 따라서 모두 다 다르다는 것이다. 1초가 '똑딱' 간다고 하지만, 속도가 커지면 '똑~딱'이 된다. 다시 말해서 속도가 빠르고 중력이 클수록 시간이 느리게 흘러간다는 말이다. 어떤 사람에게 1초가 흘러갈 때, 또 다른 사람에게는 2초가 흐를 수 있다는 것이다. 우주 모든 곳에서 지금 일어나고 있는 실제 상황이다. 우주에는 우주를 구성하고 있는 구성원만큼의 시계가 있다는 말이 나온 이유이기도 하다. 각기 다른 미래로 시간 여행을 하는 부분들의 합으로서의 '나'를 생각하면 어떤 느낌이 드는가?

023

이기적
유전자

리처드 도킨스

✦

    밈의 예에는 곡조, 사상, 표어, 의복의 유형, 단지 만드는 법, 아치 건조법 등이 있다. 유전자가 유전자 풀 내에서 퍼져 나갈 때 정자나 난자를 운반자로 하여 이 몸에서 저 몸으로 뛰어다니는 것과 같이, 밈도 밈 풀 내에서 퍼져 나갈 때에는 넓은 의미로 모방이라 할 수 있는 과정을 거쳐 뇌에서 뇌로 건너다닌다. 어떤 과학자가 반짝이는 아이디어에 대해 듣거나 읽거나 하면 그는 이를 동료나 학생에게 전달할 것이다. 그는 논문이나 강연에서도 그것을 언급할 것이다. 이 아이디어가 인기를 얻게 되면 이 뇌에서 저 뇌로 퍼져 가면서 그 수가 늘어난다고 말할 수 있다.

홍영남, 이상임 옮김, 을유문화사, 2018년, 364쪽

◎ 책방 과학자의 생각

밈은 인간의 문화적 진화를 이야기하기에 포괄적이고 좋은 개념이다. 대표적인 밈 현상 중 하나로 케이팝(K-pop) 현상을 들 수 있겠다. 케이팝은 단순성과 반복성을 지니고 있어서 모방 가능성이 높다. 밈의 전파에 적합한 요소다. 또한 케이팝은 서구의 팝이나 힙합 그리고 EDM 등의 요소를 한국적 정서와 잘 융합해서 만들어진다. 그래서 외국인들에게 약간은 친숙하면서도 약간은 새롭게 다가갈 수 있는 것이다. 이는 문화적 혼합이라는 면에서 밈 현상이 잘 설명된다. 그러나 밈화가 되면 빠른 시간에 퍼지는 속성이 있지만 또 한편으로 빠르게 사라질 가능성도 커진다. 부디 케이팝이 계속 친숙하면서도 새로운 음악과 안무 그리고 메시지와 스타일을 제시하며 스스로 밈을 갱신하게 되기를 바란다.

024

뇌는
춤추고 싶다

장동선,
줄리아 크리스텐슨

우리는 춤이 우울증·번아웃증후군·불안·트라우마를 치유할 수 있다고 믿지는 않는다. 가령 우울증은 전문가에게 치료를 받아야 하는 중대하고 심각한 정신 질병이다. 살다 보면 찾아오기 마련인 슬픔이나 일시적인 의욕 상실과 달리 우울증은 저절로 사라지거나 기분 전환을 한다고 더 나아지지 않는다. 우울증에 걸리면 몸속에서 특정한 생화학 작용이 지속적으로 지장을 받는다. 우울증의 심각한 정도에 따라 약물이나 심리 치료, 혹은 이 두 가지 방법을 조합해서 투입해야 한다. 이것은 오직 의사만이 결정할 수 있다. 그러나 기존 의학과 춤의 힐링 효과를 결합시키는 것도 충분히 가능하다. 한 가지는 확실하다. 춤은 결코 해가 되지 않는다.

염정용 옮김, 아르테, 2018년, 260~261쪽

'몸은 사라지고 춤만 거기 남아서'라는 어느 시(詩) 구절을 본 적이 있다. 춤은 인간 본성의 자연스러운 발현일 것이다. 누구는 어깨만 들썩거릴 정도의 춤을 출 것이고 누구는 정교한 동작을 이어가는 수준 높은 춤을 출 것이다. 근원이나 궁극에 다가갈 때, 언어나 문화가 벗겨진 원형에 다가갈 때, 우리 몸에는 정말 춤만 남을 것 같다는 생각이 든다. 슬퍼서 흐느끼는 몸짓도 어쩌면 춤일 것이다. 기뻐서 날뛰는 것도 어쩌면 춤동작일 것이다. 춤이 만병통치약은 아니지만 결코 우리에게 해가 되지 않는 것이라면, 춤을 추지 않을 이유가 없다. 춤을 추자.

025

$$E=mc^2$$

데이비드 보더니스

태양은 어제 당신이 깨어났을 때도 그만큼의 폭발을 일으켰다. 수소 4백만 톤이 아인슈타인의 1905년 방정식에 따라 질량에서 에너지로 건너갔고, 어마어마한 숫자 c^2이 곱해졌다. 이 에너지는 500년 전에 파리에 동이 틀 때도 뿌려졌고, 마호메트가 처음으로 메디나로 도망갔을 때도, 중국에 한나라가 들어섰을 때도 뿌려졌다. 사라지는 수백만 톤에서 나온 에너지는 공룡이 살아 있을 때도 매초 쏟아졌다. 지구가 궤도에 있는 한 이 맹렬한 불은 한결같이 지구를 양육하고, 따뜻하게 해주고, 보호해준다.

김희봉 옮김, 웅진지식하우스, 2014년, 217쪽

◎ 책방 과학자의 생각

　너무 당연해서 곧잘 잊고 지내는 것이 있다. 우리 세계의 에너지 원천은 단연 태양이라는 것이다. 이 세상에서 가장 유명한 방정식인 $E=mc^2$이 어떻게 작동하는지, 그래서 어떻게 태양 에너지가 만들어져서 지구로 쏟아지는지, 이처럼 역동적으로 잘 묘사한 문장을 본 적이 없다. 태양은 이렇게 지난 50억 년 동안 에너지를 만들어서 지구로 보내왔고 앞으로 50억 년 동안 계속 보내올 것이다. 인류는 언젠가 지구상에서 사라지겠지만 태양은 한참 더 지구를 양육할 것이다.

026

파란하늘
빨간지구

조천호

이처럼 부정론은 과학 자체를 공격함으로써 기후변화 문제를 이해하고 대응하는 데 혼란을 일으킨다. 이는 언어의 기초를 허물고 구조를 흔들어서 사람들 사이의 소통을 어렵게 만드는 행위에 비유할 수 있다. 결국 기후변화 부정론은 우리 지구환경을 위태롭게 하고, 우리 기술 문명을 떠받치는 과학 체계를 교란한다. 또한 우리 민주국가가 과학 결과를 공공정책에 반영할 때, 사실에 기반을 둔 합의를 방해한다.

과학은 완벽함을 추구하지만 그 자체로 완벽하진 않다. 그렇다고 과학이 현실에서 아무 힘이 없는 것이 아니다. 휴대폰 위치 정보가 100퍼센트 정확하지 않고, 독감 약을 먹어도 바로 독감이 안 나을 수 있지만, 우리는 위치 정보와 독감 약을 신뢰한다. 마찬가지로 기후변화가 절대적으로 확실해서 대응해야 하는 것이 아니다. 기후변화도 다른 과학과 마찬가지로 과학적 반증에서 살아남은 역동적 진실이기에, 우리가 받아들이고 이에 대응해야 하는 것이다.

동아시아, 2019년, 193쪽

◎ 책방 과학자의 생각

　현대 과학은 불확실성과 확률, 상대성과 변화를 기반으로 형성되어 있다. 그런데 이 말을 곡해해서 과학을 비과학으로 몰고 가려는 시도가 있다. 이 글에서 잘 표현하고 있듯이 이런 시도는 잘못이고 악의적이다. 과학적으로 분명한 것은 현재 우리가 마주하고 있는 기후변화의 직접적인 원인이 인간이 화석연료를 지나치게 많이 사용하고 축산을 과도하게 한다는 데 있다는 사실이다. 이를 외면하거나 반대하는 것은 반과학적이다. 가짜뉴스와 사이비 과학이 판치는 세상이다. 사이비 과학에 현혹되지 않는 지혜가 절실하게 필요하다. 기후변화는 엄연한 현실이다.

027

과학의
품격

강양구

다이어트가 매번 실패하는 이유는 의지력 부족이나 게으름이 아니다. 똑같이 먹고(식단 조정) 비슷하게 움직여도(운동 요법) 어떤 사람은 날씬하고 어떤 사람은 뚱뚱하다. 심지어 덜 먹고 더 움직여도 살이 빠지지 않는다. 왜냐하면, 어떤 이에게 살을 빼는 다이어트는 자기 본성(유전)과의 싸움이기 때문이다.

그렇다면 다이어트는 절대로 시도해서는 안 될 허망한 일일까? 아니다! 나이든, 스트레스든 여러 이유로 애초 자기 몸무게보다 훨씬 더 살이 찌는 일이 많다. 이 경우에는 예외 없이 건강도 좋지 않다. 근육량도 형편없이 적고, 지방간으로 간 기능이 망가진 경우도 많다. 만약 이런 상태라면 애초 자신의 몸무게를 찾는 일이 필요하다.

사이언스북스, 2019년, 344쪽

◎ 책방 과학자의 생각

역시 아는 것이 힘이다. 무엇을 탓하기 전에 탓해야 할 대상을 분명히 하는 것이 아주 중요하다. 비만을 대하는 태도는 계속 변해왔다. 개인의 의지력 부족이나 게으름으로만 치부해서 모든 책임을 개인에게 돌리던 때가 있었다. 그 결과는 개인에 대한 혐오와 차별로 이어졌다. 비만에 노출된 개인은 죄책감을 갖게 됐고 고립되어야만 했다. 시간이 지나고 비만의 과학적 본질이 조금씩 밝혀지면서 비만을 대하는 태도 역시 변했다. 비만의 원인이 인간 본성에 있다는 것을 명확하게 인지하는 것은 중요하다. 그다음은? 이제 '어떻게 할 것인가'를 궁리해야 한다. 그게 인류의 찬란한 전통이다.

028

보이지 않는 세계

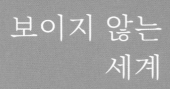

이강영

인간은 대부분의 정보를 눈을 통해 얻기 때문에, 우리가 "본다."라고 하면 보통은 눈을 통해 보는 것을 가리킨다. 사물을 보는 현상은 하나의 물리적인 과정이다. 우리가 눈을 통해 사물을 보는 것은 대상으로부터 나온 빛을 우리의 눈을 통해 받아들이고, 그중에서 인간의 눈에 반응하는 특정한 범위의 빛인 가시광선을 시신경이 인식해서 뇌로 전달하고, 이를 해석하여 정보를 얻는 일련의 과정이다.

우리의 눈이 가시광선 영역의 빛만을 볼 수 있는 것은 인간이 지구 표면에서 살아왔기 때문이다. 태양에서 나온 빛은 훨씬 다양한 스펙트럼을 가지고 있지만, 지구의 오존층을 통과해서 최종적으로 지구 표면에 도달하는 빛은 대부분 가시광선 영역이다. 그래서 이 파장의 빛을 이용해서 광합성을 하는 식물이 진화했고, 이 식물을 먹이로 하는 동물의 눈은 이 파장의 빛을 보도록 진화했을 것이다.

휴먼사이언스, 2012년, 10쪽

◎ 책방 과학자의 생각

　내 눈으로 직접 보기 전까지 그 어떤 것도 절대 믿을 수 없다고 하는 사람들이 있다. 정말 허망한 말이다. 인간의 눈은 가시광선 영역의 빛만을 인지할 수 있다. 지구 표면에서 생존할 수 있도록 적응한 결과다. 우리 눈에는 보이지 않지만 실재하는 세상이 있다. 너무 작아서 보이지 않는 세상, 미생물 같은 세상 말이다. 이러한 세상이 실존한다는 것은 현미경이라는 매체를 통해서 인지할 수 있다. 너무 멀리 있어서 보이지 않는 것도 있다. 천체가 그것이다. 인간은 망원경이라는 매체를 통해 인식범위가 확장되었고 마침내 천체를 볼 수 있게 되었다. 그뿐 아니라 관측기기를 통해서 가시광선 이외의 파장을 인지할 수도 있게 되었다. 인간은 눈으로 아주 제한된 정보만을 인지할 수 있지만 매체를 통해 끊임없이 인지능력을 확장해서 보이지 않는 것을 볼 수 있게 되었다. 내 눈으로 본 것보다 훨씬 더 큰 세상이 존재한다. 이 책에서는 더 나아가서 '본다'라는 개념 자체를 확장해야만 의미 있는 정보를 얻을 수 있다고 말하고 있다.

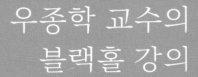

029

우종학 교수의
블랙홀 강의

우종학

실망스럽겠지만 블랙홀을 통한 여행은 불가능합니다. 블랙홀로 가까이 가자마자 우리 몸과 우리가 타고 간 우주선은 모두 조각조각 분해되어버립니다. 블랙홀의 중력에 의해서 산산이 찢기는 것이지요. 공상과학 소설에서는 블랙홀로 들어가면서 이렇게 원자나 소립자(원자나 소립자는 물질을 구성하는 가장 작은 단위 정도로 생각하면 됩니다)로 분해된 뒤에 블랙홀을 통과하고 나면 다시 원래의 모습으로 재결합되는 얘기들도 있지만 이것은 그저 인간의 상상력의 무한함을 보여주는 정도라고 평할 수 있을 겁니다.

우리 몸이 분해된다는 것은 사실 죽음을 의미하기 때문에 블랙홀을 통한 어떤 여행도 현대 과학의 입장에서 보면 불가능하다고 말할 수밖에 없습니다. 먼 미래에 과학기술이 고도로 발전해서, 분해되었던 우리 몸을 재결합시키는 기술이 개발된다면 얘기는 달라지겠지만 말이에요.

김영사, 2022년, 132~133쪽

◎ 책방 과학자의 생각

인간이 블랙홀을 통과하거나 (아직 발견되지는 않았지만) 웜홀을 통과하는 상상을 하는 것은 흥미롭고 즐거운 일이다. 이는 SF 소설이나 영화의 주된 소재이기도 하다. 하지만 우리가 살고 있는 우주는 인간을 위해서 만들어진 게 아니다. 우주가 먼저 있고, 그 속에서 생명이라는 현상이 발현됐으며, 그것이 진화해서 지적 능력을 갖춘 호모사피엔스가 등장한 것뿐이다. 블랙홀이나 웜홀을 통과하기도 전에 그 근처만 가도 인간의 몸은 바로 해체될 것이다. 우주는 인간을 위해 블랙홀을 만들지 않았다. 상상은 자유다. 이것은 인간의 큰 무기이기도 하다. 상상을 즐기자. 다만 인간보다 우주가 먼저 존재했다는 사실은 기억했으면 좋겠다. 우주의 구성원으로서 미미한 존재인 호모사피엔스는 우주에 대해 이런 생각도 할 수 있는 위대한 존재이기도 하다.

030

원더풀
사이언스

나탈리 앤지어

과학 지식을 안다고 해서 더 나은 시민이 되거나 더 멋진 직업을 갖게
되거나 잘못 구입한 흰 가죽 바지 때문에 겪는 실망감을 극복하게 될 거
라고는 생각하지 않는다. 나는 실용주의자도 아니기 때문에 브로콜리나
치실의 효용성에 대해서는 논할 수 없다. 당신이 과학을 싫어하는 성인
이라면 아무리 대단한 중년의 위기가 찾아와도 실용 과학자가 되는 일은
없을 것이다. 그러니 과학자가 아닌 한 굳이 과학을 알아야 할 필요는 없
는 것이다. 그런데 생각해보자. 굳이 박물관에 가거나 바흐를 듣거나 은
근하고 달콤한 셰익스피어의 소네트를 들어야 할 이유도 사실 없지 않
나? 사실 살아가는 동안 굳이 외국 여행을 떠나고 사막에 있는 계곡으로
도보 여행을 떠날 필요는 뭐가 있겠나? 구름 한 점 없고 달도 뜨지 않는
밤에 별 구경을 가거나 고급 샴페인을 마셔야 할 필요도 없다. 사실 필요
로 따지자면 친구가 많아야 할 필요는 있나?

김소정 옮김, 지호, 2010년, 25~26쪽

◎ 책방 과학자의 생각.

　과학과 기술이 문명을 건설한 시대에 사는 인간으로서, 그 바탕이 되는 과학적 태도와 지식을 교양으로 누리지 말아야 할 이유가 있을까. 과학을 과학으로 접근하지 말고 문화로 받아들이면 어떨까. 과학을 즐길 수 있는 최선의 방법은 과학을 문화로 여기는 것이다. 과학을 잘 모른다 해도 그냥 즐기면 된다. 더구나 과학은 현대사회의 핵심 교양이기도 하니까.

031

찬란한
멸종

이정모

✦

"교감 선생님 여러분, 여러분이 교장이 되려면 그 전에 무슨 일이 일어나야 하나요?"

교감 선생님들은 "인성을 쌓아야 해요", "전문성을 키워야 해요", "교장 자격을 취득해야 해요" 등의 답을 했다. 그런데 정말 그럴까? 결정적인 조건이 빠졌다. 이제 우리는 그것이 무엇인지 안다. 어느 학교의 어느 교장 선생님이든 누군가는 자리에서 물러나야 교감 선생님들에게 기회가 생긴다. 교장 자격을 아무리 갖춰도 빈자리가 없으면 새로운 교장이 등장할 수 없다. 새로운 게 등장하려면 원래 있던 게 사라져야 한다.

생태계도 마찬가지다. 새로운 생명이 등장하려면 빈자리가 있어야 한다. 그런데 생태계는 꽉 차 있다. 어떻게 해야 할까? 누군가가 생태계에 빈자리를 만들어주어야 한다. 그게 바로 멸종(滅種)이다. 멸종이란 다음 세대의 생명체를 위해 자리를 비켜주는 자연스러운 일이다.

다산북스, 2024년, 22~23쪽

◎ 책방 과학자의 생각

친구의 글이라서 조심스럽지만 '멸종'에 대한 개념을 일상적인 언어로 명쾌하게 설명하고 있어서 칭찬에 또 칭찬을 하지 않을 수 없다. 이정모의 글에는 일상의 예를 통해서 본질에 다가가는 묘미가 있다. 멸종에 대해서 이보다 더 친절하고 통속적으로 설명하는 글이 있었던가. 흔히 지구의 멸종을 이야기한다. 그러나 이 말은 틀렸다. 지구 생명체의 멸종이라고 해야 한다. 더 좁혀서는 인간을 비롯한 현재 최고 포식자들의 멸종이라고 해야 명확할 것이다. 지구의 멸종이라는 말은 정확하지 않다. 지구라는 행성의 종말 또는 최후라는 단어를 써야 그 뜻이 명확할 것이다. 태양이 수명을 다할 무렵 지구는 물리적인 종말을 맞이할 것이다. 우리가 흔히 말하는 지구의 멸종은 지구 내에 살고 있는 생명체의 멸종이다. 지구상에서는 지금까지 다섯 번의 대멸종이 있었다. 그때마다 지구상에 살고 있던 최고 포식자를 비롯한 대다수의 생명체가 멸종했고, 지구는 환경조건을 변화시키며 여전히 행성으로 남아 있었다. 살아남은 생명체는 진화를 하며 번성기를 맞이했다. 그리고 또 다른 대멸종기를 맞이했다. 지구는 여전히 행성으로 존재하지만 생명체의 구성은 바뀌었다. 따라서 '지구 생명체의 멸종'이라는 말을 쓰는 것이 좋겠다.

032

호모
사피엔스

조지프 헨릭

✦

    우리 생리와 해부구조의 많은 측면들은 불, 조리, 자르는 도구, 발사 무기, 물통, 여러 인공물, 사냥감 추적 노하우, 의사소통 목록 같은 것들의 문화적 진화가 만들어낸 선택압에 대해 유전적으로 진화한 반응으로서만 이해가 된다. 이러한 접근법은 셀 수 없이 많은 인간의 특징들 중에서 우리의 작은 치아, 짧은 결장, 작은 위, 빈약한 식물 해독 능력, 정확한 던지기 실력, 목덜미인대(달리는 동안 머리를 안정시키는 장치), 수많은 에크린 땀샘, 긴 번식후기, 낮은 후두, 재주 많은 혀, 하얀 공막, 커다란 뇌 등을 설명하는 데에 도움을 준다.

주명진, 이병권 옮김, 21세기북스, 2024년, 477쪽

◎ 책방 과학자의 생각

문화적 진화라는 생각은 이제 기각되었다. 모든 것은 상호작용한다. 문화적인 변화가 생기면 이에 잘 적응한 개체의 생존 확률이 높아진다. 집단 내에서 이런 개체들의 상대적인 수가 늘어나면서 유전적인 진화의 과정으로 나아간다. 기술의 변화나 문화적인 양식의 변화에 우리는 어떤 식으로든 대응하면서 살아가고 있다. 우리의 일상적인 대응이 사실은 진화적 반응인 것이다. 우리는 매일매일 진화를 향한 여행을 하고 있다.

033

마이크로 코스모스

린 마굴리스,
도리언 세이건

치명적인 질병을 유발하는 미생물처럼 지극히 공격적인 박테리아가 자신의 숙주세포를 사멸시키면 결국 자신도 죽게 된다. 따라서 공격을 자제함으로써(숙주세포에 치명적이 아니거나 만성적으로 죽음을 유발하는 정도의 공격) 진화 역사에 더 자주 나타날 수 있었다.

　침략 근성을 가진 미토콘드리아의 선조들은 그들의 숙주세포를 유린했지만 일부 숙주 박테리아는 살아남았다. 미토콘드리아의 선조들은 숙주 박테리아의 전체를 탐하지 않고 숙주에게서 취해도 좋은 부분(부산물)만을 얻도록 적응하면서 숙주세포를 죽이지 않고도 자신을 증식시킬 수 있게 되었던 것이다. 그 둘 사이의 적대적 관계는 오랜 기간이 지나면서 서서히 청산되었다. 증오는 연민이 되었다.

홍욱희 옮김, 김영사, 2011년, 175~176쪽

◎ 책방 과학자의 생각

미토콘드리아는 먹이가 포식자의 일부가 된 극단적인 공생 상황에 있다. 비록 이 정도는 아니라 해도, 공생관계에는 늘 어떤 형태로든 갈등과 긴장이 존재한다. 공생이라고 하면 모든 것을 함께한다고 생각하기 쉽지만, 그렇지 않다. 각자가 자신의 고유한 영역을 유지한 채 다른 것과 공감하는 것. 그것이 공생이 아닐까. 각자 공감의 반경을 넓혀가다 보면 다른 것과 만나게 되는 시공간이 있을 것이다. 그 공감의 교집합 영역이 넓어지면 공생관계가 생긴다. 고립과 격리에 따른 '증오'는 서로에 대한 이해와 공감의 반경이 넓어지면서 '연민'이 된다. 공생의 발명이다.

034

챔팬지
폴리틱스

프란스 드 발

인간을 침팬지와 비교하는 것도 마찬가지로 모욕적이거나, 혹은 그 이상의 죄악으로 받아들여질 수도 있다. 결과적으로 인간의 동기를 더욱 동물적으로 만든 것처럼 보이기 때문이다. 그러나 침팬지들 사이에서 권력 정치는 단지 '나쁘다'거나 '더럽다'는 문제가 아니다. 왜냐하면 그것은 아른험 집단에 사는 침팬지들에게 논리적 정합성을 가져다주었을 뿐만 아니라, 심지어 민주적 구조도 안겨주었다. 모든 파벌들은 일시적인 권력 균형에 이를 때까지 사회적 영향력을 계속해서 찾는다. 그리고 이런 균형은 서열상의 지위를 새롭게 결정한다. 다소 유동적인 지위가 '고정'될 때까지 관계는 계속해서 변한다. 이 같은 서열의 공식화가 어떻게 화해 가운데 일어나는지를 보게 되면, 집단 내의 서열이 경쟁과 충돌을 제한하는 '응집적' 요소임을 이해할 수 있다.

육아, 놀이, 섹스, 협력 등은 그로 인해 찾아오는 안정 상태에 의존하고 있다. 그러나 수면 아래의 상황은 늘 유동적인 상태이다. 권력의 균형은 매일매일 시험되며, 만일 그것이 매우 취약하다는 사실이 드러나면 도전이 일어나고 새로운 균형이 찾아올 것이다. 결국 침팬지들의 정치도 건설적이다. 인간은 정치적 동물로 분류되는 것을 명예롭게 여겨야만 한다.

장대익, 황상익 옮김, 바다출판사, 2018년, 312~313쪽

◎ 책방 과학자의 생각

  '인간은 정치적 동물이다'라는 말이 유행한 적이 있다. 맞는 말이다. 하지만 인간만이 정치를 하는 것은 아니다. 이 글에서 볼 수 있듯, 침팬지 사회에서도 그들만의 정치가 존재한다. 정치의 동물적 기원을 이해하는 것은 중요하다. 정치가 인간만의 행위가 아니며, 이는 곧 정치가 진화적 기원을 갖는다는 말이기 때문이다. 그렇다고 침팬지의 정치 행태가 인간의 정치 행태에 그대로 적용된다는 건 아니다. 침팬지와 인간은 서로 다른 진화의 여정을 가고 있어서 단순한 인용은 할 수 없다. 결국 인간 본성의 문제로 정치에 접근해야만 그 핵심을 파악할 수 있다는 말이다. 나는 자주 《군주론》과 함께 이 책을 추천하곤 한다. 침팬지와 인간의 정치에 대한 진화적 공통점과 차이점을 알게 되면 인간의 정치 행태를 이해하는 데 도움이 되기 때문이다.

035

오래된
연장통

전중환

이야기에 대한 별스러운 애착은 인간이 다른 진화적 적응들을 갖추다 보니 부수적으로 발현하게 된 부산물일 수 있다. 예컨대 우리의 마음이 진화한 소규모 집단에서는 누군가의 은밀한 사생활을 알아내는 일이 번식에 큰 도움이 되었다. 마을의 소문난 미녀가 오랫동안 사귀던 남자 친구와 헤어져 싱글이 되었다거나, 한창 위세를 휘두르는 권력자가 과거에 거짓말을 밥 먹듯이 했다는 소문은 더 빨리, 더 많이 들을수록 나의 진화적 성공에 보탬이 된다.

  자연선택은 자기 주변 사람들에 대한 사회적 정보를 얻는 활동에서 짜릿한 즐거움을 느끼게끔 석기시대의 우리 마음을 설계했다. 하지만, 대중매체와 과학기술이 득세하는 현대 환경에서는 우리와 아무런 상관도 없는 현실 또는 상상 속 인물들의 사생활을 엿보면서 즐거움 그 자체만을 탐닉하는 현상이 뒷소문을 추구하는 적응의 부산물로서 생겨나게 되었다.

사이언스북스, 2010년, 148~149쪽

◎ 책방 과학자의 생각

　이야기는 진화의 산물이다. 스토리텔링도 진화의 산물이다. 막장 드라마부터 복잡한 추리소설까지 우리가 그토록 몰입하는 것은 자연스러운 진화의 결과다. 또한 드라마를 보면서 같이 울고 같이 웃는 것은 거울뉴런이 활성화되어서 생물학적 공감이 일어난 결과다. 가상현실과 증강현실 이야기를 많이 한다. 어쩌면 이제야말로 스토리텔링 애니멀로서 호모 사피엔스가 제대로 된 미디어를 만난 것인지도 모른다. 인간이 만들어낼 현실과 가상을 오가는 거대한 스토리 세계의 궁극은 어디일까.

036

우주의
구조

브라이언 그린

전통적인 입자물리학은 전자와 쿼크를 크기가 없는 점으로 간주하고 있다. 그러므로 이 관점에서 보면 전자와 쿼크는 더 이상 분해될 수 없는 최소 단위임이 분명하다.

그러나 끈이론에 의하면 전자와 쿼크는 점이 아니라 어떤 크기를 갖고 있으며 이들을 점으로 간주하는 것은 일종의 근사적 서술에 지나지 않는다. 그렇다면 점이 아닌 전자와 쿼크는 실제로 어떤 모습을 하고 있는가? 바로 여기서 끈이론의 대담한 가정이 등장한다. 끈이론은 모든 입자들을 "아주 작은 영역에서 특정 에너지를 가진 채 진동하는 끈(string)"으로 간주하고 있다. 단, 이 끈은 굵기가 없고 길이만 있기 때문에 1차원적 대상으로 취급되어야 한다. 입자를 대신하는 끈은 그 길이가 매우 짧아서(원자의 100x10억x10억분의 1, 약 10^{-33}cm) 현재 우리가 갖고 있는 가장 강력한 입자가속기를 동원한다 해도 그저 점으로 보일 뿐이다.

박병철 옮김, 승산, 2005년, 472쪽

◎ 책방 과학자의 생각

물질을 쪼개고 쪼개면 더 이상 쪼갤 수 없는 가장 작은 존재가 되는데, 그것이 바로 전자와 쿼크다. 이는 흔히 점입자로 표현된다. 여기서 한 가지 의문이 생긴다. 물질의 최소 단위가 점이어야 할 이유가 있을까? 과학자들은 물질의 최소 단위가 왜 꼭 점이어야 하는지 의구심을 가졌다. 만약 끈이 되면 안 되는 이유가 있을까. 이론적으로는 안 될 이유가 없다. 물질의 최소 단위가 점이 아니라 끈이라 해도 많은 것이 자연스럽게 잘 설명된다. 물론 관측적으로 확인된 것이 아니니 여전히 이론에 머물러 있다. 이것을 '끈이론'이라고 한다. 그럼 면은 안 될까? 입체는? 이런 의문도 든다. 안 되는 이론적 근거는 없다. 과학은 늘 관측적 증거를 요구한다. 증거가 나오기 전에는 이론에 불과하다. 당연하다고 받아들이는 것에 대한 의심 그리고 그것이 증명되기 전까지는 잠정적인 가설로 받아들이는 태도가 이 시대를 이끌어가는 과학적 태도이고 시대정신이다.

037

다윈의
식탁

장대익

물론 초자연적 존재를 믿는 종교가 모든 문화권에 무시할 수 없을 정도로 널리 퍼져 있는 것은 틀림없는 사실입니다. 그래서 흔히 사람들은 종교가 개인 또는 집단에게 쓸모가 있으니까 그렇게 보편적으로 존재하는 것이라고 믿습니다.

하지만 감기 바이러스도 모든 문화권에 무시할 수 없을 정도로 널리 퍼져 있지요. 그렇다면 기자분께서는 똑같은 논리로 감기 바이러스도 개인이나 집단에게 쓸모가 있다고 말할 수 있습니까?

감기 바이러스는 우리를 고려해주지 않습니다. 그저 자기 자신의 복사본을 더 남기기 위해 존재할 뿐입니다. 마찬가지로 종교는 종교 자신을 위해 존재할 뿐입니다.

바다출판사, 2015년, 262쪽

◎ 책방 과학자의 생각

　진화심리학에서 종교를 설명하는 몇 가지 관점이 있다. 우선 종교가 진화에 일정 부분 도움이 되었으니 적응의 산물이라는 관점이 있다. 한때 생존에 도움이 되었기 때문에 아직 남아서 존재한다는 것이다. 다시 말해 세상에 대한 무지에서 오는 두려움 때문에 가상의 세계를 만들고 그것에 권위를 부여하면서 두려움을 이겨내는 과정 가운데 부산물로 종교가 생겼다는 말이다. 다음으로, 리차드 도킨스 같은 과학자는 종교를 일종의 바이러스 같은 존재라고 규정한다. 유전적으로 각인된 것이 아니라 유행처럼 번진 일종의 밈이라는 것이다. 따라서 그는 종교라는 좋지 않은 밈은 박멸해야 한다고 주장한다. 마지막으로, 에드워드 윌슨 같은 과학자는 종교의 기원이 무엇이든 세상을 유익하게 하는 지점이 있다면 외교적으로 종교와 협력해야 한다고 주장했다. 이렇듯 종교는 이제 과학의 연구 대상 중 하나가 되었다.

038

그림으로 보는
시간의 역사

스티븐 호킹

✦

　시간에 따라서 무질서도나 엔트로피가 증가하는 것은 과거와 미래를 구분하고 시간에 방향을 부여하는 이른바 시간의 화살(arrow of time)이라는 것의 한 예이다. 시간의 화살에는 최소한 세 가지 종류가 있다. 첫 번째로 무질서도나 엔트로피가 증가하는 시간의 방향을 가리키는 열역학적 시간의 화살(thermodynamic arrow of time)이 있다. 두 번째는 심리적 시간의 화살(psychological arrow of time)인데 이것은 우리가 시간이 흐른다고 느끼는 방향, 미래가 아니라 과거를 기억하는 방향이다. 마지막으로 우주론적 시간의 화살(cosmological arrow of time)이 있다. 이것은 우주가 수축하는 것이 아니라 팽창하는 시간의 방향이다.

김동광 옮김, 까치, 2021년, 184~185쪽

◎ 책방 과학자의 생각

　일상에서는 시간이라는 개념이 명확하다. 시계는 약속한 방식에 따라 시간을 표시하고, 그 시간에 따라 거의 모든 우리 일상의 계획과 행동이 규정된다. 그런 의미에서 우리가 시간이라고 받아들이는 것은 명백한 현실이다. 그런데 과학의 영역으로 넘어가면 시간은 여전히 다루기 힘든 영역으로 남아 있다. 시간이라는 것이 실제로 존재하는지 아닌지부터 시간이 왜 한 방향으로만 흐르는지, 인간과 세상이 그렇다고 느끼는 것인지, 시간을 다룬다는 것은 큰 논쟁거리다. 이 책에서 이야기하는 것처럼 엔트로피의 증가를 바탕으로 시간의 방향을 설명하는 시도가 어느 정도 성공을 거두고 있기는 하지만, 과학자들은 시간에 대해 이야기할 때 흔히 '시간이란 도대체 무엇인가' 같은 제목을 붙인다. 아직 잘 모른다는 이야기다.

039

종의 기원

찰스 로버트 다윈

또한 서로 너무나도 다르고, 매우 복잡한 방식으로 서로 얽혀 있는, 정교하게 구성된 이런 형태들이 모두 우리 주위에서 일어나는 법칙에 의해 탄생되었다는 사실을 떠올려 보면 흥미를 느끼지 않을 수 없다. 이 같은 법칙들은 넓은 의미에서 보자면, 번식을 동반한 성장, 번식과 거의 동일한 것으로 간주되는 대물림, 외부적 생활 조건의 직간접적인 작용과 사용 및 불용에 의한 가변성, 생존 투쟁을 초래하는 높은 개체 증가율, 자연 선택의 결과로 나타난 형질 분기와 덜 개량된 형태들의 멸절을 포함한다.

우리가 생각할 수 있는 최고의 대상인 고등 동물은 이 법칙들의 직접적 결과물로서 자연의 전쟁 및 기근과 죽음으로부터 탄생한 것들이다. 처음에 몇몇 또는 하나의 형태로 숨결이 불어넣어진 생명이 불변의 중력 법칙에 따라 이 행성이 회전하는 동안 여러 가지 힘을 통해 그토록 단순한 시작에서부터 가장 아름답고 경이로우며 한계가 없는 형태로 전개되어 왔고 지금도 전개되고 있다는, 생명에 대한 이런 시각에는 장엄함이 깃들어 있다.

장대익 옮김, 사이언스북스, 2019년, 649~650쪽

◎ 책방 과학자의 생각

  찰스 다윈의 글을 통해서 자연선택에 의한 생명의 진화 과정을 듣는 것 같
은 경이로움을 느낀다. 그의 말대로 생명 진화의 서사에는 장엄함이 깃들어
있다. 가장 단순한 원리로부터 이렇게 다양하고 복잡한 지구 생명 시스템이
라는 세상이 만들어졌다니. 그 세월의 장엄함, 그 적용 범위의 장엄함이 우리
를 압도한다. 문득 궁금해진다. 외계인들이 존재한다면 그들도 다윈이 말한
자연선택을 통해서 진화하지 않았을까?

040

하리하라의
생물학 카페

이은희

일반인이 쌍둥이를 임신할 경우는 전체의 10% 정도라고 의학적으로 보고되어 있습니다. 그렇다면, 세상에는 상당히 많은 쌍둥이가 존재해야 할 텐데 일란성 쌍둥이가 그리 흔하지는 않습니다. 그것을 설명해주는 것이 바로 '배니싱 트윈'이죠. 커트 베너스크 박사를 비롯해 병리학 그리고 재생의학 교수들이 홈페이지를 통해 증언했는데, 쌍둥이가 임신될 경우, 85% 정도가 자궁 속으로 사라져버린다고 합니다. 이런 '쌍둥이가 사라지는 현상'은 엘리자베스라는 여성의 임신 과정을 통해 이미 1989년에 알려졌습니다. 처음 그녀의 태아를 뢴트겐 촬영했을 당시에는 쌍둥이임이 확인되었으나, 임신이 약 4% 정도 진행되는 동안 그중 하나가 사라지고 말았죠.

궁리, 2002년, 39쪽

◎ 책방 과학자의 생각

    '배니싱 트윈' 현상은 인간의 생식 과정이 얼마나 복잡하고 얼마나 높은 불확실성을 가지고 있는지 잘 보여주는 사례이다. 생명 현상은 인간의 윤리나 법칙에 따르지 않고, 오직 자연의 법칙을 따른다. 자연은 무심하고 무목적적이다. 따라서 배니싱 트윈 현상은 자연이 생명 현상의 균형을 맞추는 하나의 방식이자 과정이라 할 수 있다. 하지만 인간이 이 현상을 알게 된 이상 더 이상 과학의 문제로만 볼 수 없다. 임신 초기에 쌍둥이였던 태아 중 하나가 배니싱 트윈 현상으로 사라진 것을 목격한 부모가 심리적 타격을 입는 문제가 생겼고, 마침내 이러한 문제를 논의해야만 하는 상황에 이르렀다. 새로운 과학적 발견은 새로운 윤리 문제를 요구한다.

041

지상 최대의
작전

이한결

✦

식용 곤충이라고 하면 지레 인상을 찌푸리는 사람들도 유충의 특정 성분이 혈전을 제거하고 혈액순환에 도움을 준다는 효능을 알면 혐오식품이 아닌 건강식품으로 바라보게 된다. 과거에는 돼지 껍질을 혐오식품으로 여기는 사람이 많았으나 껍질에 콜라겐이 풍부하게 들어 있어 피부 미용과 성장에 도움을 준다는 것이 알려지면서 이제는 애호식품이 된 것처럼 말이다.

EBS BOOKS, 2021년, 214쪽

◎ 책방 과학자의 생각

  이미지가 사실을 압도해서 인식을 장악하기도 한다. 이렇게 형성된 인식을 바꾸는 것은 정말 어려운 일이다. 그러나 과학적 사실은 기존의 인식을 버리고 새로운 인식으로 유턴을 하는 데 더할 나위 없이 좋은 핑계를 제공해준다. 전향이 필요할 때 든든한 배경이 되어주는 것이다. 만약 또 다른 과학적 사실이 밝혀지면 다시 인식을 바꾸면 그만이다. 과학적 사실을 바탕으로 한 인식이 이미지를 이끈다면 더 좋을 것이다.

042

왜 사람들은
이상한 것을 믿는가

마이클 셔머

다른 어떤 이유보다도 사람들이 이상한 것들을 믿는 이유는 바로 믿기를 원하기 때문이다. 느낌이 좋다, 편안하다, 위로가 된다는 것이다. 1996년 여론 조사에 따르면, 미국인 성인의 96퍼센트가 신의 존재를 믿고, 90퍼센트가 천국의 존재를 믿고, 79퍼센트가 기적을 믿고, 72퍼센트가 천사의 존재를 믿는다고 답했다. (〈월 스트리트 저널〉, 1월 30일, A8) 지고한 힘, 사후의 삶, 신의 섭리에 대한 믿음을 불식시키려 애쓰는 회의주의자들, 무신론자들, 호전적인 반종교주의자들이 정면충돌한 것은 (일부 인류학자들이 믿는 것처럼, 만일 신에 대한 믿음과 종교가 생물적인 기초를 갖고 있다면) 만 년의 역사, 아니 어쩌면 십만 년의 진화의 역사일 것이다. 기록된 모든 역사 속에서, 전 세계 어디에서나 그런 믿음들과 믿는 자들의 비슷비슷한 비율을 공통적으로 찾아볼 수 있다. 비종교적으로 이를 적절하게 대체할 만한 것이 부상하지 않고선, 이 수치는 크게 바뀔 것 같지 않다.

류운 옮김, 바다출판사, 2007년, 504~505쪽

◎ 책방 과학자의 생각

인간의 본성은 쉽게 바뀌지 않는다. 우리는 종종 평소에는 상식적이고 합리적이던 사람이 갑자기 생뚱맞게 이상한 것에 집착하는 경우를 어렵지 않게 본다. 나 역시 가끔 자신의 이런 모습을 보면서 흠칫 놀라곤 한다. 과학이 사이비 과학을 이길 수 없다는 탄식이 나오는 이유도 여기에 있다. 그래서 나는 어떤 이야기를 듣거나 볼 때 현장에서는 절대 결정을 내리지 않는다. 사람이라면 누구나 갑자기 혹할 수도 있고 믿음이 넘칠 수도 있기 때문이다. 어느 순간부터 나는 약간의 시간 간격을 둔 다음 그 이야기를 다시 생각할 수 있도록 자신을 훈련시켜 왔다. 이렇게 하면 조금은 이성적인 상태에서 사안을 볼 수 있고 무턱대고 믿는 오류를 피할 수 있다. 물론 이렇게 한다고 해서 당장 인간의 본성을 거스를 수는 없겠지만, 이런 노력을 습관화한다면 조금 더 인간적인 면모를 갖추게 되지 않을까.

생각할
거리를
던져주는
문학서

나의 한계를 ─────── 넘어서게 해주는
문학의 세계 ──────

강연을 다니면서 다양한 질문을 받는다. 그중 꽤 많이 받는 질문 중 하나는 '청소년기에는 어떤 과학책을 읽으면 좋을까요?'다. 보통 이런 질문은 과학자를 꿈꾸는 청소년이나 그 보호자가 과학 입문서를 추천받기 위해 한다. 그럼 나는 가장 먼저 의도적으로 교양 과학책을 언급한다. 그러나 칼 세이건의 《코스모스》나 리처드 도킨스의 《이기적 유전자》 같은 교양 과학 고전을 추천하지는 않는다. 그저 가장 최근에 나온 따끈따끈한 책이면 어느 것이든 읽어도 좋다고 말한다. 내가 이렇게 말하는 이유는, 과학적 사실이 계속 새로워지고 있기 때문이다. 즉, 과학의 경이로움을 느껴보라는 의미다. 반면 과학자를 꿈꾸는 사람들에게는 교양 과학책을 읽는 시간을 줄이고 문학작품을 읽으라고 권한다. 어쩌면 그들은 평생 과학의 길을 갈 수도 있기 때문이다. 계속 과학의 테두리 안에서 살아갈 텐데 청소년 시기가 아니면 언제 문학작품을 탐닉할 수 있겠는가.

　중학교 2학년 겨울방학 때, 나는 종로도서관에서 한 달을 보냈다. 서울 시내 중학교 대표들이 모이는 겨울 독서캠프에 나 역시 학교 대표로 뽑혀서 같은 학교 선배들과 참여한 것이다. 아침 일찍 시작해 오후 6시가 돼서야 일정이 끝나는 강행군이었다. 매일 책을 읽고 토론하고 독후감을 쓰는 것은 물론이요, 캠프 마지막 날에는 〈햄릿〉 연극을 올렸는데 여기에서 나는 혼령 역을 맡기도 했다. 또한 문학 퀴즈 대회가 열리기도 했다. 이때 지식 자판기였던 선배가 90퍼센트의 활약을 하고 내가 10퍼센트의 보조 역할을 하면서 우리 학교가 우승할 수 있었다. 당시 퀴즈 대회를 준비하면서 나는 몇 권의 책을 샀다. 유행하던 퀴즈 방송 프로그램 대비용 책으로 한국 문학, 서양 문학, 동양 문학 등 세 권으로 나뉘어 있었는데, 작가에 대한 설명부터 등장인물의 분석, 책 내용과 교훈에 이르기까지 정말 요약이 잘 돼 있었다. 나는 이 책들의 내용을 전부 외운 덕분에 단답식으로 진행되는 퀴즈 토너먼트에서 무적이 될 자신이 있었다. 결과적으로는 막강한 실력을 가진 선배 때문에 우승에 작은 기여만 했을 뿐이지만. 그럼에도 이 책들을 암기한 효과는 지속됐다. 이 책들 속에 언급된 대부분의 책을 읽지는 않았지만 문학 지식으로 무장하게 된 것이다. 겨울 독서캠프가 끝나고 십여 명의 참가자로 구성된 '징검다리'라는 독서 모임에 꽤 오래 나갔었다. 매주 일요일 오전에 종로도서관에 모여서 사서의 지도를 받았는데, 아무래도 나의 문학적 지식과 감수성은 이때 거의 형성된 것이리라. 책을 좋아하는 나에게는 정말 즐거운 경험이었다.

그 후 나는 겨울 독서캠프 때 쌓은 문학 지식을 뽐내고 다녔다. 그러던 어느 날, 문학작품의 작가들과 주인공들이 왜 읽지도 않은 책에 대해서 아는 척을 하느냐고 내게 경고하고 있다는 생각이 들었다. 그때부터 문학작품을 열심히 읽기 시작했다. 지적 허영심으로 비어 있는 곳을 문학 독서를 통해 채워갔다. 문학작품의 미덕은 유한한 삶을 살아갈 수밖에 없는 우리에게 확장된 인간으로서의 길을 열어준다는 데 있다고 생각한다. 문학은 우리가 직접 경험하지 못한 상황으로 우리를 데려간다. 그곳에서 우리는 다른 인생을 시뮬레이션해볼 수 있는 확장된 자유를 경험할 수 있다. 다행히 인간에게는 거울 뉴런이 있어서 마치 자신이 직접 경험하는 것처럼 문학작품 속 상황과 등장인물들의 심리와 행동에 몰입하고 공감할 수 있다. 내가 처음 안톤 체호프의 희곡과 소설을 만났을 때는, 억압당하고 혹사당하는 내 또래 소녀들에게 감정이 이입되어 있었다. 어느 정도였냐면, 그들을 작품 속에서 구출하는 소설을 쓰기도 했다. 나이가 들어서 여러 차례 체호프의 책을 읽고 쓸 기회가 있었다. 그때마다 내 나이 또래의 등장인물에 공감하는 자신을 발견했다. 문학은 그런 것이다. 문학에서 내가 배운 가장 큰 미덕은 '연민'이다.

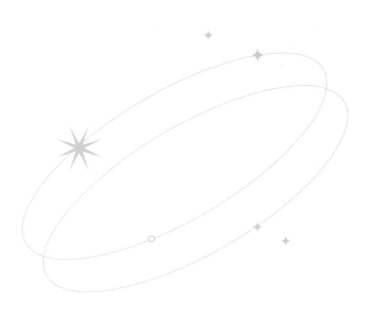

043

단순한
열정

아니 에르노

✦

　어렸을 때 내게 사치라는 것은 모피 코트나 긴 드레스, 혹은 바닷가에 있는 저택 따위를 의미했다. 조금 자라서는 지성적인 삶을 사는 게 사치라고 믿었다. 지금은 생각이 다르다. 한 남자, 혹은 한 여자에게 사랑의 열정을 느끼며 사는 것이 바로 사치가 아닐까.

최정수 옮김, 문학동네, 2012년, 66~67쪽

◎ 책방 과학자의 생각

'나이가 든다'는 말은 생물학적으로 늙어가는 것을 의미하기도 하지만 '삶의 우선순위가 바뀌어간다'는 것을 의미하기도 한다. 한때 결코 물러설 수 없었던, 가장 중요하게 여기던 것이 시간이 지나면 달라진다. 나이가 들면서 삶의 우선순위가 바뀐다면, 그동안 살아온 인생에 대한 자기 성찰이 반영된다면 더 좋을 것이다. 아니면 미래의 성숙된 우선순위를 지금 이 순간으로 잠시 빌려오는 것은 또 어떨까.

044

어린 왕자

앙투안 드 생텍쥐페리

✦

　어른들은 나에게 속이 보이는 보아뱀이나 안 보이는 보아뱀의 그림 따위는 집어치우고, 차라리 지리나 역사, 산수, 문법에 재미를 붙여 보라고 충고했다. 나는 이렇게 해서 내 나이 여섯 살 때 화가라는 멋있는 직업을 포기했다. 나는 내 그림 제1호와 제2호의 실패로 그만 기가 죽었던 것이다. 어른들은 자기들 혼자서는 아무것도 이해하지 못하고, 그렇다고 그때마다 자꾸자꾸 설명을 해주자니 어린애에겐 힘겨운 일이었다. 그래서 나는 다른 직업을 골라야 했고, 비행기 조종을 배웠다. 나는 세계의 여기저기 제법 많은 곳을 날아다녔다. 그리고 지리는 정말 내게 많은 도움이 되었다. 그 덕분에 나는 눈길 한 번에 중국과 애리조나를 구별할 수 있었다. 밤의 어둠 속에서 길을 잃었다면, 그게 아주 유익하다.

황현산 옮김, 열린책들, 2015년, 8~9쪽

◎ 책방 과학자의 생각

아이의 상상력과 어른의 제한된 시각의 차이를 극명하게 보여주는 장면이다. 현실적이고 실용적인 것만을 강조하는 어른들의 무심한 한마디는 쉽게 아이들의 상상력과 호기심을 억압한다. 어른이 된 지금, 당신은 어릴 적 꿈을 기억하고 있는가? 주인공이 보아뱀을 여전히 기억하고 있듯이, 당신이 기억하고 있는 어린 시절에 꿈꾸던 표상은 무엇인가? 모든 어른은 한때 아이였다. 혹시 자신이 이 소설에 나오는 무심한 한마디를 던지는 어른이 되어 있는 건 아닌지, 그래서 아이들의 상상력과 호기심을 빼앗고 있지는 않은지 반문해보자.

045

망자

제임스 조이스

✦

게이브리얼의 눈에 눈물이 그렁그렁했다. 어떤 여자에 대해서도 몸소 이런 감정을 느껴 본 적이 없었으나, 이런 감정이야말로 바로 사랑이려니 싶었다. 눈물이 눈에 더욱 가득 고였고 어두운 한쪽에서 빗물 듣는 나무 밑에 선 젊은이의 모습이 보이는 듯한 상상이 들었다. 그 옆에 다른 형상들도 있었다. 자신의 영혼이 수많은 망자들이 사는 영역에 다가간 것이다. 종잡을 수 없이 가물거리는 망자들의 존재를 의식은 하면서도 이해할 수는 없었다. 자신의 정체성마저 뿌옇게 잘 보이지 않는 세계 속으로 사라져 가고 있었고, 이 망자들이 한때 세우고 살았던 단단한 이승 자체가 용해되어 줄어들고 있었다.

창틀을 가볍게 두어 번 두드리는 소리에 게이브리얼은 창 쪽으로 고개를 돌렸다. 다시 눈이 내리기 시작한 것이었다. 가로등 불을 배경으로 비스듬히 떨어지는, 은빛의 거무스름한 눈발을 졸린 눈으로 바라보았다. 서쪽 여행을 떠날 때가 온 것이다. 그렇다. 신문기사가 옳았다. 온 아일랜드에 눈이 내리는 참이었다.

이종일 옮김, 《더블린 사람들》, 민음사, 2012년, 317~318쪽

◎ 책방 과학자의 생각

가까운 사람이 죽었을 때 나는 종종 이 장면을 생각한다. 게이브리얼이 살아 있는 사람과 죽은 사람을 떠올리며 그 사이의 경계 없는 애도의 시공간으로 들어가듯, 나도 이 글을 읽으면서 그곳으로 들어가곤 했다. 눈이 내리고 쌓이고 또 내리는 장면이 압권이다. 마치 끝없이 내리는 눈이 삶과 죽음, 또 그 경계를 모두 덮어버리는 것 같다. 마치 완전한 죽음처럼. 더구나 '온' 아일랜드에 눈이 내리고 있다니. 이러한 장면은 영화 〈룸 넥스트 도어〉에서 주인공이 죽은 뒤에 나오기도 한다. 이렇듯 '온' 세상에 내리는 눈은 모든 것을 덮으면서 경계를 없애고 죽음의 보편성을 상기시킨다.

046

모비 딕

허먼 멜빌

✦

　"모든 것을 파괴할 뿐 정복하지 않는 고래여! 나는 너에게 달려간다. 너와 끝까지 맞붙어 싸우겠다. 지옥의 한복판에서 너를 찌르고, 내 마지막 입김을 너에게 증오를 담아서 뱉어주마. 관도, 상여도 모두 같은 웅덩이에 가라앉혀라! 어떤 관도, 어떤 상여도 나에겐 소용없다. 저주받을 고래여, 나는 너에게 묶인 채 너를 추적하면서 산산이 부서지겠다. 자, 이 창을 받아라!"

　작살이 던져졌다. 작살에 찔린 고래는 앞으로 달아났고, 밧줄은 불이 붙을 것처럼 빠른 속도로 홈에서 미끄러져 나가다가 엉키고 말았다. 에이해브는 허리를 숙여 그것을 풀려고 했다. 엉킨 밧줄은 간신히 풀렸지만, 밧줄의 고리가 허공을 날아와 그의 목을 감는 바람에 그는 튀르크의 벙어리가 희생자를 교살할 때처럼 소리 없이 보트 밖으로 날아갔다. 선원들은 그가 없어진 것을 알아차리지도 못했다. 다음 순간, 밧줄 끝에 달린 묵직한 고리가 완전히 텅 빈 밧줄통에서 튀어나와 노잡이 하나를 때려눕히고 수면을 친 뒤 깊은 물속으로 사라졌다.

김석희 옮김, 작가정신, 2024년, 760~761쪽

◎ 책방 과학자의 생각

　증오와 파괴적 집착의 절정은 파국이자 종말이고 죽음이다. 모비 딕으로 상징되는 증오와 집착의 대상을 무엇으로 해석하든 마찬가지다. 임계점을 넘어선 집착과 증오는 정해진 파멸의 특이점을 향해서 직진할 뿐이다. 당장 멈추지 않으면 결말은 정해져 있다. 이 장면은 그런 종말의 허망함을 잘 묘사하고 있다. 살다 보면 집착과 증오에 휩싸일 때가 있다. 그럴 때 이 장면을 거울 삼아 자신을 돌아보면 어떨까.

047

청혼

배명훈

✦

    내가 처음 파멸의 신전을 보여줬을 때, 중력렌즈 안쪽을 유심히 들여다보던 데 나다 장군의 얼굴이 떠올라. 빨려 들어가듯 강렬했던 그 눈빛. 그건 분명 호기심이었어. 두려움이 아니라. 그래, 이건 두려운 일이 아니야. 어차피 거기나 여기나 우주는 똑같은 우주잖아. 가서 뭐든 해봐야지. 무슨 일이 벌어질지 알 수 없지만.

    반드시 돌아올 거야. 이상하지? 나 같은 우주 태생이 어딘가로 돌아올 생각을 하다니.

    이제 나도 고향이 생겼어. 네가 있는 그곳에. 고마워.

    그리고 안녕.

    우주 저편에서 너의 별이 되어줄게.

북하우스, 2024년, 153~154쪽

◎ 책방 과학자의 생각

　시공간의 제약 속에서 일어나는 우주 전쟁과 로맨스를 절묘하게 다룬 이 소설의 압권은 마지막 문장에 있다. '우주 저편에서 너의 별이 되어줄게'라니, 감동적인 말이다. '저편'에서까지 생각하겠다는 다짐은 엄청나게 낭만적인 위로가 된다. 그러나 이 말은 허망한 말이기도 하다. 만나지도 못하고 확인할 수도 없는 '저편'에서 무엇을 하겠다는 다짐이 무슨 소용이겠는가. 그래도 이 구절이 위로로 다가오는 것은 자신이 바라고 믿는 것을 놓지 않겠다는 의지의 표현이기 때문인지도 모른다. 지킬 수 없는 약속과 다짐의 말도 때로는 큰 위안이 될 수 있다.

048

햄릿

윌리엄 셰익스피어

존재할 것이냐, 말 것이냐, 그것이 문제다. 어느 게 더 고귀한가? 난폭한 운명의 돌팔매와 화살을 맘속으로 맞는 건가 아니면 무기 들고 고난의 바다와 맞서다가 끝장을 보는 건가? 죽는 건 자는 것 그뿐인데, 잠 한 번에 육신이 물려받은 마음의 고통과 수천 가지 타고난 갈등이 끝난다 말하면 그건 바로 경건히 바라야 할 결말이다. 죽는 건 자는 것, 자는 건 꿈꾸는 것일지도 - 아, 그게 걸림돌이다. 왜냐하면 이 죽음의 잠 속에서 무슨 꿈이 뒤엉킨 인생사를 다 떨쳐 버렸을 때 우리를 찾아올지 생각하면 망설일 수밖에 - 그래서 불행의 생명은 끝없이 이어진다. 왜냐하면 그 누가 이 세상의 채찍질과 비웃음, 압제자의 잘못과 잘난 자의 오만불손, 짝사랑의 쓰라림과 법률의 늑장과 관리들의 무례함과 대접받을 양반들이 하찮은 자들에게 당하는 발길질을 견딜까? 짧은 칼 한 자루면 자신의 모든 빚을 청산할 수 있는데? 그 누가 짐을 지고 지겨운 한세상을 투덜대며 땀 흘릴까?

최종철 옮김, 민음사, 2001년, 104~105쪽

◎ 책방 과학자의 생각

흔히 '죽느냐 사느냐 그것이 문제로다'로 번역되던 대사가 '존재할 것이냐, 말 것이냐, 그것이 문제다'로 번역된 것은 여러 가지 면에서 의미가 있다. '존재'라는 단어가 가지고 있는 실존적인 의미 때문일 것이다. 죽을까 말까 하는 생사의 문제에서 '어떤' 삶과 죽음을 선택할 것인지에 대한 문제로 넘어가는 듯하기 때문이다. 햄릿은 복잡하고 입체적인 인물이다. 그의 독백 부분인 이 구절은 삶과 죽음의 선택뿐 아니라 인간 존재의 본질과 삶의 딜레마 문제까지 확대해서 볼 여지를 만들어 준다. 우리도 늘 이런 문제로 고민하고 있지 않은가. 죽음 자체의 확실성과 죽음의 시기의 불확실성 속에서 삶의 의미를 찾으려고 끊임없이 같은 질문을 하고 있지 않은가.

049

삼체 3부

류츠신

지자가 말했다.

"걱정 마세요. 제가 살아 있는 한 두 분을 안전하게 지킬 테니까."

핵융합 엔진이 작동하고 추진기가 푸른 불빛을 내뿜자 우주선이 천천히 이동해 우주의 문을 통과했다.

소우주에는 메시지가 담긴 표류병 하나와 투명 공만 남았다. 표류병은 어둠에 파묻히고 1세제곱킬로미터의 작은 우주에서 투명공 속 작은 태양만이 가물거리는 빛을 토해냈다. 이 작은 생명의 세계 속에서 물방울이 무중력 유영을 하고 있었다. 물방울에서 뛰쳐나온 작은 물고기가 다른 물방울로 뛰어 들어가 한들거리는 수초 사이를 유유히 헤엄쳐 다녔다. 작은 육지의 풀잎에서 굴러 떨어진 이슬 한 방울이 핑그르르 돌아 날아오르며 우주를 향해 한 가닥 투명한 햇빛을 반사했다.

허유영 옮김, 자음과모음, 2022년, 797쪽

◎ 책방 과학자의 생각

　　인류 문명이 거의 다 사라진 후 소우주 속에서 작은 생명이 다시 시작하는 이 장면은, 비현실적이고 낭만주의적 결말 같다. 보통 문명이 수명을 다하고 무너지면 이를 운영하던 생명도 같이 멸종할 것이다. 문명의 흔적만이 폐허로 남겨질 것이다. 사라지는 문명에서 보호받으면서 새로운 시작을 할 수 있는 생명을 기대하기는 어려울 것이다. 하지만 우리는 여지를 남기는, 부분적인 해피엔딩을 추구한다. 우리는 불사조를 꿈꾸는 관성을 가졌으니까. 광대한 규모를 가진 작품의 결말이 이런 따뜻한 소품이라니, 아쉬우면서도 다행한 일이다. 우리는 늘 작은 다정함에 감동해오지 않았는가.

050

거짓말이다

김탁환

✦

　잠수사인 제가 실종자를 찾은 것이 아니라, 실종자가 저를 찾아 다가온 것은 그때가 처음이자 마지막입니다. 품에 안기듯 실종자의 머리가 제 어깨에 닿았습니다. 긴 머리카락이 제 가슴을 지나 명치까지 흘러내렸습니다. 마음 같아서는 우선 실종자를 살짝 밀어 거리를 뗀 후 모시고 나갈 방법을 찾고 싶었습니다. 그러나 저는 꼼짝도 못한 채 그 자세 그대로 벽을 밀며 버텨야 했습니다. 손을 놓으면 벽이 완전히 무너질 것만 같았습니다. 어깨의 경련이 가슴과 등으로 내려갔습니다. 두 다리를 살짝 흔들며 자세를 바로잡으려고 하자 실종자의 머리카락이 춤을 추듯 마스크를 가렸습니다. 10센티미터에 불과하던 시야가 거의 0에 가까웠습니다. 이 공간이 너무 깊고 좁다는 느낌이 확 밀려들었습니다. 목이 죄는 기분도 함께 들었습니다. 그때 실종자의 얼굴이 마스크 위로 천천히 올라왔습니다. 마스크를 지나쳐 올라가지도 않고 다시 내려가지도 않은 채, 얼굴과 얼굴을 마주 보듯 멈췄습니다. 눈을 꼭 감은 채 잠을 자듯 평온한 표정이었습니다. 이 평온한 표정을, 진도에서 간절히 기다리는 유가족에게 꼭 보여 주고 싶다는 생각이 들었습니다.

북스피어, 2016년, 121쪽

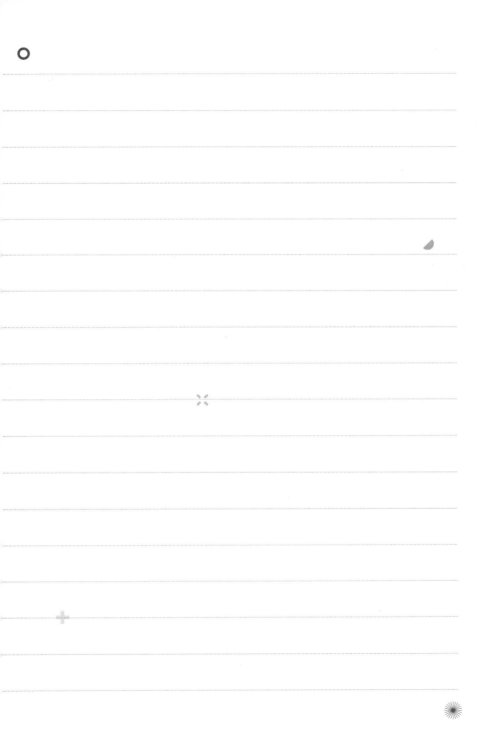

직접 체험하지 않고는 결코 느낄 수 없고 알 수 없는 감정이 있다. 그럼에도 불구하고 이 문장을 읽으면서 먹먹해짐을 느끼고 아픔을 공감할 수 있었다. 차가운 물속에서 죽어간 사람들, 그리고 그 시신을 수습하던 잠수사는 얼마나 아팠을까. 얼마나 간절했을까. 우리가 그들의 아픔을 조금이라도 가늠할 수 있을까. 소설가의 정제된 언어의 렌즈를 거친 후에야 우리는 이 사건을 공감의 반경 안에 더 구체적으로 가져올 수 있었던 것 같다. 이 소설은 현실의 반영을 넘어서 반추의 거울 앞으로 우리를 이끌고 간다.

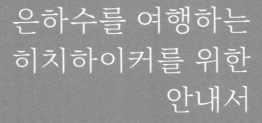

은하수를 여행하는
히치하이커를 위한
안내서

더글러스 애덤스

가령, 초지성적이며 범차원적인 어떤 종족은 한때 '깊은 생각'이라는 이름의 거대한 슈퍼컴퓨터를 만들어, 삶, 우주, 그리고 모든 것에 대한 궁극적인 해답은 무엇인지 계산하는 작업에 종지부를 찍고자 했다.

그 후로 칠백오십만 년 동안 깊은 생각은 계산과 추정을 거듭하더니, 마침내 그 해답이 '42'라고 공표했다. 그리고 그 해답의 질문 자체가 무엇인지 알아내기 위해서는 자신보다도 훨씬 더 큰 컴퓨터를 새로 하나 만들어야 한다고 선언했다.

그 컴퓨터는 지구라고 이름 지어졌는데, 이것은 덩치가 너무 커서 종종 진짜 행성으로 오인되었다. 특히 그 표면을 어슬렁대는 이상한 원숭이 같은 존재들은 자신들이 초대형 컴퓨터 프로그램의 일부라는 사실을 전혀 눈치채지 못하고 그 오해를 전적으로 믿었다.

이는 굉장히 이상한 일인데, 왜냐하면 꽤나 단순하고 명백한 이 사실을 도외시할 경우에는 지구상에서 벌어진 일들 모두가 도무지 말이 되지 않기 때문이다.

김선형, 권진아 옮김, 책세상, 2005년, 237~238쪽

◎ 책방 과학자의 생각

한때 천문학자들 사이에서 '42'라는 숫자가 우주의 팽창 지수를 나타내는 허블상수라는 말이 돌았다. 이 글에서처럼 우리는 종종 원래 질문이 무엇이었는지 잊어버릴 때가 있다. 어쩌면 거의 모든 일이 그렇지 않을까. 왜 그 일을 시작했는지 잊어버리면 왜 그런 결과가 나왔는지도 모르게 된다. 그러나 원래 그 일을 시작한 이유를 계속 인지하고 있으면 초심을 잃지 않게 된다. 가끔은 우리가 왜 그 일을 하고 있는지 살펴보는 것도 좋을 것 같다. 결과도 중요하지만 어쩌면 결과에 이르는 과정이 더 중요할 수도 있으니까. 그래야 지금 내가 무엇을 하고 있는지 알 수 있으니까.

052

이상한 나라의
앨리스

루이스 캐럴

✦

체셔 고양이는 앨리스를 보며 씩 웃었다. 고양이는 비록 순해 보였지만 발톱이 엄청 길고 이빨이 많았다. 그걸 본 앨리스는 고양이에게 다정하게 대하기로 마음먹었다.

"체셔 고양이야."

고양이가 이렇게 부르는 것을 좋아할지 알 수 없어서, 앨리스는 조심스레 말했다. 다행히 고양이가 입을 더 크게 벌리고 헤벌쭉 웃었다.

'아직은 기분이 괜찮은가 봐.'

앨리스는 그렇게 생각하며 말을 이었다.

"여기서 어느 쪽으로 가면 되는지 알려줄래?"

"그건 네가 어디로 가고 싶은지에 따라 다르지."

"어디든 상관없어."

"그럼 어느 쪽으로 가든 상관없겠네."

"맞아. 어디로든 갈 수만 있다면."

앨리스가 덧붙여 설명하자 고양이가 말했다.

"계속 걷다 보면 당연히 어딘가로 가게 되겠지."

정회성 옮김, 《가장 완전하게 다시 만든 앨리스》, 사파리, 2015년, 100~101쪽

◎ 책방 과학자의 생각

삶의 목표를 무엇으로 삼고 살아가느냐에 따라서 인생의 여정에 의미가 부여된다. 우리가 추구하는 목표와 성공은 보통 불확실하다. 그래서 불안하고 두려운 것이다. 체셔 고양이의 말처럼 '계속 걷다 보면' 틀림없이 '어딘가'에 도착할 것이다. 중요한 것은 우리가 그 길을 걷고 있다는 사실이다. 그리고 그 과정에서 얻는 경험과 성찰은 큰 의미가 있을 것이다. 어쩌면 유한한 삶을 살아가는 우리에게 결과는 항상 미완성인지도 모른다. 목적지에 도달하는 것이 중요한 것이 아니라 그 길을 어떻게 걸어가느냐 하는 것이 중요하다. 어쩌면 과정이 인생 그 자체일지도.

053

돈키호테 1

미겔 데 세르반테스 사아베드라

✦

　이런 말을 주거니 받거니 하며 가고 있던 이때 들판에 서 있는 풍차 30~40개를 발견하자, 돈키호테는 즉시 종자에게 말했다.

　「우리가 기대했던 것보다 더 좋은 방향으로 행운이 우리 일을 마련해 주는구나. 친구 산초 판사여, 저기를 좀 보게! 서른 명이 넘는 어마어마한 거인들이 있네. 나는 싸워 저놈들을 몰살시킬 것이야. 그 전리품으로 부자가 될 걸세. 이것이야말로 정의의 싸움이며, 사악한 씨를 이 땅에서 없 앰으로써 하느님께 크게 봉사하는 일인 게지.」

　「거인들이라뇨?」 산초 판사가 물었다.

　「저기에 있는 저놈들 말이네.」 주인은 대답했다. 「기다란 팔을 가진 놈들 말이야. 2레과나 되는 팔을 가진 놈들도 있군.」

　「나리.」 산초가 대답했다. 「저기 보이는 것은 거인이 아닙니다요. 풍차 입니다요. 팔로 보신 건 날개인데, 바람의 힘으로 돌아서 방아를 움직이죠.」

안영옥 옮김, 열린책들, 2014년, 124쪽

◎ 책방 과학자의 생각

흔히 돈키호테형 인간에 대해 말할 때 이 장면을 언급한다. 낭만적이라고도 하고 순진한 모험 정신의 발로라고 이야기하기도 한다. 하지만 나는 이 장면을 보면 섬찟하다. 망상이기 때문이다. 단지 한 개인의 공상에 머무르는 것이야 뭐라고 하겠는가. 하지만 한 사람의 망상이 증폭해서 '정의의 이름으로' 사회를 향하고 행동으로 나타난다면, 그것은 그냥 폭력이다.

054

소설가 구보씨의
일일

박태원

다방의 오후 두 시. 일을 가지지 못한 사람들이 그곳 등의자에 앉아, 차를 마시고, 담배를 태우고, 이야기를 하고, 또 레코드를 들었다. 그들은 거의 다 젊은이들이었고, 그리고 그 젊은이들은 그 젊음에도 불구하고, 이미 자기네들은 인생에 피로한 것같이 느꼈다. 그들의 눈은 그 광선이 부족하고 또 불균등한 속에서 쉴 새 없이 제각각의 우울과 고달픔을 하소연한다. 때로, 탄력 있는 발소리가 이 안을 찾아들고, 그리고 호화로운 웃음소리가 이 안에 들리는 일이 있었다. 그러나 그것들은 이곳에 어울리지 않았고, 그리고 무엇보다도 다방에 깃들인 무리들은 그런 것을 업신여겼다.

《소설가 구보씨의 일일》, 문학과지성사, 2005년, 107쪽

◎ 책방 과학자의 생각

어느 날의 평범한 일상 같아 보이는 이 장면이 나는 한없이 슬프다. 느닷없이 이식된 근대를 맞이한 일제강점기 조선 지식인들의 모습이 마치 쇼윈도 속 상품처럼 무기력하게 느껴지기 때문이다. 주체적이지 못하고 강압받는 삶을 살아야 하는 한편, 근대의 물결 속에서 새로운 지식과 패턴을 마주한 모순된 자신을 보는 것이 얼마나 힘들었을까. 그러니 어울리지 않는 웃음을 터뜨리고 하소연이나 할밖에.

055

안나 카레니나 1

레프 톨스토이

✦

　　행복한 가정은 모두 모습이 비슷하고, 불행한 가정은 모두 제각각의 불행을 안고 있다.

　　오블론스키의 집은 모든 것이 뒤죽박죽이었다. 아내는 남편이 전에 자기 집의 가정교사로 있던 프랑스 여자와 바람이 난 것을 알아차리고, 남편에게 더 이상 한집에서 살 수 없다고 선언했다. 이런 상황이 벌써 사흘째 이어지자, 당사자인 부부뿐 아니라 다른 가족과 하인들까지 못 견디게 괴로웠다. 가족과 하인들은 모두 오블론스키 부부가 함께 사는 것이 무의미하다고 느꼈다. 심지어 여인숙에서 우연히 만난 사람들도 오블론스키가의 부부, 가족, 하인들보다는 사이가 더 좋을 거라고 그들은 생각했다. 아내는 자기 방에서 한 발짝도 나오지 않았고, 남편은 사흘째 집에 들어오지 않았다. 아이들은 부모 잃은 고아처럼 온 집 안을 뛰어다녔다. 가정교사인 영국 여자는 가정부와 다투더니 친구에게 새 일자리를 구해달라는 편지를 썼다. 요리사는 어제, 그것도 저녁 식사 시간에 맞춰 집을 나가버렸다. 그리고 허드렛일을 하는 하녀와 마부는 급료를 계산해달라고 성화였다.

연진희 옮김, 민음사, 2009년, 13~14쪽

◎ 책방 과학자의 생각

이 책의 첫 문장이 소설 역사상 최고의 첫 문장이라고 주장해도 별 이견이 없을 것이다. 나는 중학교 2학년 때 이 책을 처음 만났다. 첫 문장을 읽고 한참 동안 책을 읽어 내려가지 못했다. 다음 문장을 읽기도 전에 앞으로 펼쳐질 모든 이야기가 내 머릿속을 꽉 채우기 시작했기 때문이다. 한참 동안 숨고르기를 한 후 책을 읽어나가면서 내 머릿속에 있던 가상의 이야기들은 이 책의 내용 속으로 붕괴되고 말았다. 정말 좋은 소설은 훌륭한 이야기를 뛰어넘어서 독자로 하여금 끊임없이 상상하게 하고 그 상상이 작품 속 서술과 역동적으로 상호작용하면서 독자를 능동적으로 움직이게 하는 것 아닐까. 그런 의미에서 《안나 카레니나》는 좋은 소설이다. 그리고 이 소설을 정말 좋은 소설이 되도록 만든 동력의 90퍼센트가 첫 문장이다.

056

성냥팔이
소녀

한스 크리스티안 안데르센

소녀는 다시 성냥불을 켰다. 그러자 주위가 환해지면서 불빛 속에 할머니가 나타났다. 할머니는 온화하고 다정한 얼굴로 서 계셨다.

"할머니! 절 데려가주세요. 성냥불이 꺼지면 가버릴 거죠? 따뜻한 난로처럼, 맛있는 거위 구이처럼, 멋진 크리스마스트리가 사라졌던 것처럼 그렇게 사라져버리실 거죠?" 소녀는 이렇게 소리치면서 남아 있는 성냥 더미에 불을 붙였다. 할머니를 붙잡아두고 싶었던 것이다. 성냥 더미에 불이 붙자 주위가 대낮보다 더 환해졌다. 할머니의 모습은 그 어느 때보다도 더 거대하고 아름다워 보였다. 할머니는 소녀를 품에 안고 밝은 빛을 내며 지구 너머 먼 곳으로 아주 높이 올라갔다. 그곳에는 추위도 배고픔도 고통도 없었다. 바로 하느님 곁이었으니까.

다음 날 새벽, 어슴푸레한 빛을 받으며 길모퉁이에 한 가엾은 소녀가 벽에 기대어 앉아 있었다. 뺨은 창백했지만 입가에는 미소를 머금고 있었다. 바로 한 해가 저물어가는 마지막 날 밤에 얼어 죽은 소녀였다. 새해의 태양이 떠올라 죽은 소녀 위에 빛을 뿌렸다. 소녀는 타 버린 성냥 다발을 손에 쥔 채 시체가 되어 꼼짝 않고 앉아 있었다.

윤후남 옮김, 《안데르센 동화전집》, 현대지성, 2016년, 347쪽

◎ 책방 과학자의 생각

이 장면을 본 사람이라면 한없이 안타까워하고 연민에 휩싸이게 될 것이다. 나 역시 세상에서 제일 슬픈 장면을 꼽으라면 이 장면을 내밀곤 한다. 성냥팔이 소녀는 성냥개비를 태우는 동안 소박한 꿈을 하나씩 꾸면서 죽어간다. 무엇보다 이 장면에서 화가 나는 건 죽어가는 성냥팔이 소녀의 표정이 천진난만할 것이라는 생각을 떨칠 수 없기 때문이다. 소녀는 왜 얼어 죽어야만 했을까. 시체가 된 소녀 위에 무심하고 모질게 빗방울이 쏟아지는 것이 아니라 따스한 햇볕이 닿았다는 것 역시 참을 수 없도록 슬프다. 그리고 성냥팔이 소녀가 성냥개비를 하나씩 켰을 때 햇볕처럼 따뜻하게 한 사람씩 그녀에게 다가갔어야 했다고, 뒤늦은 후회만이 남는다. 눈물이 난다. 슬프다.

057

이방인

알베르 카뮈

그 밖에 그날의 몇 가지 광경이 머릿속에 남아 있다. 가령 마을 근처에서 마지막으로 우리들을 따라잡았을 때 페레스의 그 얼굴. 신경질과 힘겨움의 굵은 눈물방울이 그의 뺨 위에 번득이고 있었다. 그러나 주름살 때문에 더 이상 흘러내리지는 않았다. 눈물방울은 그 일그러진 얼굴 위에 퍼졌다가 한데 모였다가 하며 니스 칠을 해놓은 듯 번들거렸다. 그리고 또 기억나는 것은 성당, 보도 위에 서 있던 마을 사람들, 묘지 무덤들 위의 붉은 제라늄 꽃들, 페레스의 기절(마치 무슨 꼭두각시가 해체되어 쓰러지는 것 같았다), 엄마의 관 위로 굴러떨어지던 핏빛 같은 흙, 그 속에 섞이던 나무뿌리의 허연 살, 또 사람들, 목소리들, 마을, 어떤 카페 앞에서의 기다림, 끊임없이 툴툴거리며 도는 엔진 소리, 그리고 마침내 버스가 알제의 빛의 둥지 속으로 돌아왔을 때의, 그리하여 이제는 드러누워 열두 시간 동안 실컷 잠잘 수 있겠구나 하고 생각했을 때의 나의 기쁨, 그러한 것들이다.

김화영 옮김, 민음사, 2011년, 24~25쪽

◎ 책방 과학자의 생각

　인간은 흔히 삶에서 의미를 찾으려 하지만 인간이 사는 세계는 의미를 제공하지 않는다. 이 소설 속 주인공은 그런 부조리를 인정하고 의미를 강요하지 않는 태도를 보여준다. 주인공의 부조리한 태도와 행동은 이른바 어머니의 장례식장에서는 슬퍼해야 한다는 것처럼 사회가 요구하고 기대하는 '정상적인' 태도와 행동과 충돌한다. 그는 자신의 행동 때문에 '타자' 취급을 받는다. 마치 개인의 진정한 감정이나 자유가 사회적 관습과 압력에 의해서 억압당하는 모양새다. 이 지점에서 스스로에게 질문을 던져보자. '나는 사회적으로 기대되는 감정을 연기하면서 살고 있지는 않은가?' 사회적 규범과 기대에 얽매이지 않고 살아가면서도 소외되지 않는 방법이 있을까. 거시적으로는 의미를 부여하지 않는 부조리한 삶의 조건을 인정하고 받아들이면서 미시적으로는 자신의 삶에 작은 의미를 부여하면서 사는 것은 어떨까.

058

날개

이상

그러나 나는 이 발길이 아내에게로 돌아가야 옳은가 이것만은 분간하기가 좀 어려웠다. 가야 하나? 그럼 어디로 가나?

이때 뚜우 하고 정오 사이렌이 울었다. 사람들은 모두 네 활개를 펴고 닭처럼 푸드덕거리는 것 같고 온갖 유리와 강철과 대리석과 지폐와 잉크가 부글부글 끓고 수선을 떨고 하는 것 같은 찰나, 그야말로 현란을 극한 정오다.

나는 불현듯이 겨드랑이가 가렵다. 아하 그것은 내 인공의 날개가 돋았던 자국이다. 오늘은 없는 이 날개, 머릿속에서는 희망과 야심의 말소된 페이지가 딕셔너리 넘어가듯 번뜩였다.

나는 걷던 걸음을 멈추고 그리고 어디 한번 이렇게 외쳐보고 싶었다.

날개야 다시 돋아라.

날자. 날자. 날자. 한 번만 더 날자꾸나.

한 번만 더 날아보자꾸나.

◎ 책방 과학자의 생각

　이 글은 길 잃은 주인공의 내적 갈등과 외적 불안감을 극대화해서 보여주고 있다. 희망을 잃어버린 상태에서도 다시 일어나려는 강한 의지와 욕망이 보인다. 하지만 주인공 앞에 닥친 현실은 희망과 달리 날개도 없이 그대로 추락하는 상황이다. 슬픈 결말이 기다리고 있는 것이다. 이 글에서 날개는 아마 현실에서 초월하고자 하는 욕망을 나타내는 것 같다. 어쩌면 우리는 자신만의 날개를 만들기 위해서 하루하루를 살아가고 있는지도 모른다. 누군가는 날개를 달고 새로운 세계로 날아가고 누군가는 그걸 부러워하면서 말이다. 고달픈 현대사회를 살아가는 당신은 어떤 날개를 꿈꾸는가.

059

벚나무 동산

안톤 파블로비치 체호프

류보피 안드레예브나 벌목을 하다니요? 이봐요, 실례지만 당신은 아무것도 모르시는군요. 만약 이 고장 전체를 통틀어 뭔가 흥미로운 것이 있다면, 아니 흥미롭다기보다 훌륭한 것이 있다고 한다면, 그건 바로 우리 벚나무 동산뿐이란 말입니다.

로파힌 이 동산이 훌륭한 점은 단지 굉장히 넓다는 것뿐입니다. 버찌는 2년에 한 번 열리는 데다 열려봐야 어디 둘 데도 없습니다. 사가는 사람이 없으니까요.

가예프 우리 벚나무 동산은 '백과사전'에도 실려 있어.

로파힌 (시계를 보고) 우리가 방법을 생각해내지 않고 또 어떤 결론에도 도달하지 않는다면, 8월 22일에는 벚나무 동산뿐만 아니라 영지 전체가 경매로 팔리고 말 겁니다. 결정을 내리세요! 제가 맹세컨대, 다른 방법이 없습니다. 전혀 없어요.

박현섭 옮김, 《체호프 희곡선》, 을유문화사, 2012년, 344쪽

◎ 책방 과학자의 생각

　몰락하고 있는 현실을 받아들여야 하는 것처럼 힘든 일은 없을 것이다. 그래서 이런 상황이 오면 애써 옛날의 영화를 회상하거나 때로 회피하는 경우가 많다. 이 장면에는 현실을 인정하지 않고 외면하는 서글픔이 스며들어 있다. '백과사전'이라는 말이 이렇게 슬프게 들리기는 처음이다. 우리는 새로운 변화와 기회를 맞이하고 적응하려는 한편 과거의 추억과 가치를 고수하려는 입장을 동시에 취하기도 한다. 이는 영원한 갈등 구조일지도 모른다. 사람마다 현실과 과거 사이에서 대응하는 가치관의 차이는 있을 수 있다. 그래도 미래를 생각하면서 반걸음 정도 나아가보는 건 어떨까.

오만과
편견

제인 오스틴

"그거야말로 진짜 결점이네요!" 엘리자베스가 외쳤다.

"한번 틀어지면 항상 꽁하다는 건 확실히 성격적 결함이죠. 하지만 결점을 아주 잘 고르셨는데요. 그런 성격을 비웃는 방법은 정말 모르겠어요. 안심을 하셔도 되겠어요."

"제 견해로는 누구의 성격에든 특정한 단점을 향한 지향이랄까, 최선의 교육으로도 극복될 수 없는 어떤 타고난 결점 같은 게 있기 마련인 것 같습니다만."

"그러니까 당신의 결점은 모든 사람을 싫어하는 경향이죠."

"그리고 당신의 결점은," 그가 미소를 지으며 말했다.

"남의 말을 일부러 곡해해서 듣는 것이고요."

윤지관, 전승희 옮김, 민음사, 2003년, 84~85쪽

◎ 책방 과학자의 생각

이 장면에서는 두 주인공이 서로를 향한 오만과 편견을 신랄하게 드러내고 있다. 대화 속에서 이들은 자신의 민낯을 보이고야 만다. 이런 극단의 상황이 지나고 나면 보통 두 갈래의 길이 열린다. 상대방에게 절연이나 절교를 선언하거나, 반추에서 비롯된 상대방과 자신에 대한 연민에 빠지는 것이다. 변곡점에 선 두 주인공은 연민을 느낀 것 같다. 오만한 마음을 서서히 걷어내고 서로에 대한 편견을 해소하기 시작한다. 이 소설의 가장 중요한 임계국면을 지나가고 있는 장면이다. 처음부터 오만과 편견 없이 다른 사람을 대할 수만 있다면 더할 나위 없이 좋을 것이다. 상대방에 대한 자신의 태도가 극단으로 몰려가고 있을 때 잠시 멈춰 서서 한번쯤 연민의 심정으로 되돌아볼 수 있다면 좋겠다. 나중에 절연하게 되더라도 상대방을 향한 오만이나 편견을 다소 완화시킬 수 있으리라.

061

플랫랜드

에드윈 A. 애보트

음 그러니까, 우리 플랫랜드에서 삼각형이나 다른 이웃들이 우리 쪽으로 다가올 때 우리가 보는 모습도 이와 같습니다. 여러분들처럼 그림자를 만들 수 있는 태양이나 다른 종류의 빛이 우리에게 없기 때문에 우리는 시각에 도움이 되는 어떤 종류의 것도 갖고 있지 않습니다. 만약, 우리 친구가 점점 우리에게 가까이 다가온다면 우리는 그의 선이 점점 커지는 것을 보게 되지요. 만약 그가 우리에게서 멀어져 가면 그 선은 점점 작아지고요. 하지만 그 친구는 여전히 직선으로밖에 보이지 않습니다. 삼각형, 사각형, 오각형, 육각형, 동그라미 뭐든지 상관없어요. 직선, 그것으로만 보일 뿐 아무것으로도 보이지 않을 것입니다.

윤태일 옮김, 늘봄출판사, 2009년, 27쪽

◎ 책방 과학자의 생각

이 글은 2차원 세계에 살고 있는 평면 생물(소설에서는 3차원에 살면서도 2차원이라고 인식하는 존재로 나온다)에게 세상이 어떻게 보이는지 묘사하고 있다. 그들에게는 삼각형 생물도, 사각형 생물도, 원형 생물도 모두 직선으로 보인다. 가까이 오면 직선이 짧게 보이고 멀어지면 직선이 길게 보인다. 2차원 평면 생물이 3차원을 이해하기 어려운 것처럼 3차원 세계에 살고 있는 인간도 4차원 이상의 세계를 직관적으로 이해하기 힘들다. 우리의 인식은 우리가 속한 차원의 감각에 의해서 제한될 수밖에 없다.

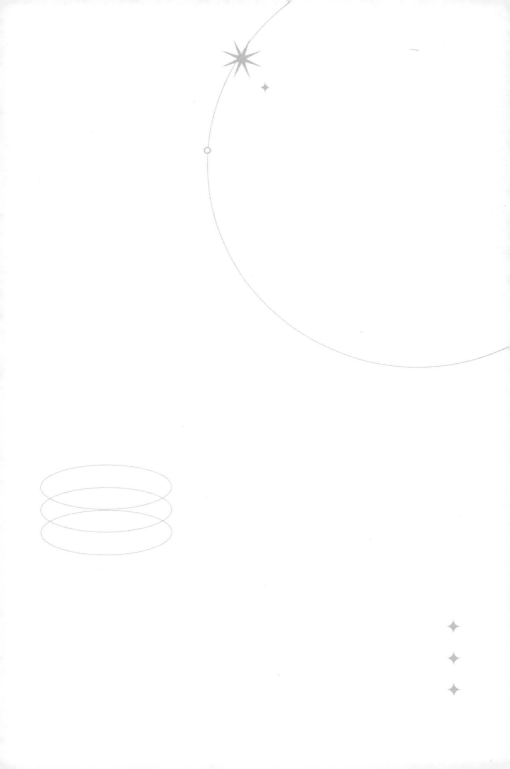

PART
04

삶 을
풍요롭게
해주는
에 세 이

인생의 등대가 되어주는
─────── 에세이의   세계_____

행복을 느끼는 요소 중 하나가 '다양성'이라고 한다. 다양함을 인식하고 향유할 때 행복감도 높아진다고 한다. 이것을 문화다양성이라고 할 수 있겠다. 다양함을 인정하는 태도와 인식은 다른 사람에 대한 이해를 높이고 감성적 공감뿐 아니라 인지적 공감을 하는 데 도움이 된다. 자신의 독특함을 인정받는 첫걸음은 다른 사람의 다양성을 인정하는 것이다. 그렇다면 삶의 다양성은 어떻게 경험할 수 있을까. 에세이를 보면 좋다. 내가 주로 집필하고 있는 교양 과학책도 따지고 보면 에세이다. 에세이는 형식과 내용이 자유롭고 다채롭다. 삶에 깃들어 있는 문화적 다양함을 누리기에 에세이만 한 게 없다. 특히 예술비평을 바탕으로 한 에세이는 일상에서 쉽게 접하기 어려운 다양하고 전문적인 세계를 만날 수 있는 통로가 된다. 거의 모든 글이 에세이라고 해도 무방할 것이다. 에세이는 문화다양성을 누리면서 행복감을 유지하는 데 좋은 도구가 되기도 한다. 뿐만 아니라 삶을 성찰하게 해주기도 한다. 지혜로운 인생을 살아가는 데 꼭 필요한 등대 같은 존재다.

피에르 바야르의 《읽지 않은 책에 대해 말하는 법》은 문학비평서이면서 좋은 에세이집이다. 나는 평소에 책을 많이 읽고 이를 바탕으로 강연도 하고 글도 쓰기 때문에 독서에 대해 많이 생각하는 편이다. 정보를 입력하는 매체가 다양해지면서 독서 행위가 점점 위축되어가는 상황에 있기에, 독서의 본질에 대해 더 깊이 고민하게 됐다. 급격하게 변하는 세상에서 텍스트로 된 종이책만을 고집하는 고전적인 독서법으로는 독서의 가치를 주장하기 힘들다는 생각이 든다. 그래서 독서의 근원적인 미덕을 재정립하기 위해서 어떻게 해야 할 것인지 궁리해왔다. 결론은 독서 행위를 고전적인 종이책 읽기에 가두지 말고 영상매체를 비롯해 현대적 매체를 통한 정보의 입력을 독서 행위에 포함시키는 것이다. 다시 말해 독서의 근원적인 핵심은 정보의 입력이므로, 비독서 행위를 통한 정보의 입력도 독서 행위에 포함시켜야 한다는 말이다. 독서는 고전적 독서 행위와 비독서 행위를 모두 포괄하는 개념으로 확대되어야만 한다. 《읽지 않은 책에 대해 말하는 법》에서 나는 내 생각과 비슷한 관점을 발견했다. 저자인 바야르가 한국에 왔을 때, 그를 인터뷰하면서 그의 생각을 직접 들은 적이 있다. 그리고 이러한 비독서 행위와 텍스트 읽기 같은 독서 행위를 통해서 바야르의 독서법에 대한 논점을 나의 관점으로 내재화할 수 있었다. 에세이를 읽다 보면 내가 막연하게 생각하고 있던 것을 다른 누군가도 똑같이 생각하고 있다는 사실에 동지애와 기쁨을 동시에 느낄 수 있다. 이렇듯 바야르의 책을 비롯해 그동안 내가 읽었던 많은 에세이와 예술 비평서는 나의 경험과 막연한 생각을 구체적으로 비교하고 내재화할 수 있는 토대를 마련해주었다.

나는 음식을 먹을 때 별로 가리는 것이 없다. 이 음식은 이래서 맛있고 저 음식은 저래서 맛있다. 입맛이 까다롭지 않고 평범하다는 말이다. 음악도 마찬가지다. 아트록을 제일 좋아하지만 피아노소나타부터 가야금 산조, 애시드재즈에 이르기까지 거의 모든 장르의 음악을 좋아한다. 각각 가지고 있는 다름을 좋아한다. 에세이를 읽다 보면 음식에 대해서 정말 까다로운 판정을 내리는 경우를 본다. 이 음식점의 어떤 음식은 간이 이래서 문제고 다른 음식점의 어떤 음식은 또 저래서 문제라는 글을 접하곤 한다. 요리에 대한 감수성이 예민한 사람의 글에 공감하기에는 나의 미식 감각이 턱없이 부족하다. 하지만 어떤 것들이 그로 하여금 그토록 집착하게 만드는지 이해하고 인지적인 공감을 할 수는 있다. 물론 나는 결코 그런 삶을 살 수 없다. 음악도 마찬가지다. 음정이 불안정하든 박자가 맞지 않든 나에게는 아무런 문제가 되지 않는다. 그것을 알아차리고 힘들어할 능력이 없다. 다른 사람들의 에세이 속 고백을 통해서 인지적 공감을 할 뿐이다. 그리고 그런 재미가 넘쳐나는 장르가 바로 에세이다.

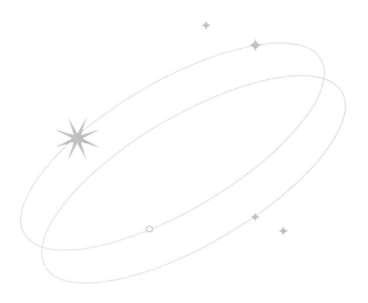

062

밤이 선생이다

황현산

✦

나는 누구나 타인의 시선에서 벗어난 시간을, 다시 말해서 어디서 무엇을 하는지 남이 모르는 시간을 가져야 한다고 생각한다. 그래서 나는 식구들에게도 그런 시간을 가지라고 권한다. 애들은 그 시간에 학교 성적과는 아무 관계도 없는 소설이나 만화를 보기도 할 것이며, 내가 알고는 제지하지 않을 수 없는 난잡한 비디오에 빠져 있기도 할 것이다. 어차피 보게 될 것이라면 마음 편하게 보는 편이 낫다고 본다. 아내는 그런 시간에 노래방에 갈 수도 있고, 옛날 남자친구를 만나 내 흉을 볼 수도 있을 것이다. 그렇게 해서 늘 되풀이되는 생활에 활력을 얻을 수 있다면 그 또한 좋은 일이다.

여름날 왕성한 힘을 자랑하는 호박순도 계속 지켜만 보고 있으면 어느 틈에 자랄 것이며, 폭죽처럼 타오르는 꽃이라 한들 감시하는 시선 앞에서 무슨 흥이 나겠는가. 모든 것이 은밀한 시간을 가져야 한다.

난다, 2013년, 281쪽

◎ 책방 과학자의 생각

우리는 다른 사람과의 관계를 중요하게 생각한다. 특히 거의 모든 것이 연결된 네트워크 세계에 살고 있는 우리에게 타인과의 관계는 필수 요소이자 자산이다. 하지만 잊고 있는 것이 있다. 자신과의 관계가 있어야만 타인과의 관계가 있을 수 있다는 명백한 사실 말이다. 자신과의 관계 맺기와 내면 소통은 그냥 이루어지는 게 아니다. 세계 속에서 자신의 위치를 정확하게 인식하고 인지하는 것부터 시작해야 한다. 즉 메타인지를 하든, 자기 객관화를 하든 뭐든 해야 한다. 세상 속 자신의 위치를 자각했다면 다음 단계는 자신과의 소통이다. 내면 소통 혹은 자기 인식을 하는 것이다. 자신과의 관계가 명확해진다면 다른 사람과의 관계도 확실하게 맺을 수 있다. 이 모든 시작에는 자신만의 시간 확보 여부에 달려 있다. 고립 속에 궁리가 생길 것이다. 자발적인 고립을 해서라도 자신만의 시간을 확보해보자.

063

예술에서의
정신적인 것에 대하여

바실리 칸딘스키

예술가는 무엇인가 전달하지 않으면 안 된다. 무릇 예술가의 임무라는 것은 형식을 지배하는 데에 있지 않고, 내용에 적합한 형식을 만드는 데 있기 때문이다.

예술가는 결코 인생의 행운아가 아니다. 즉 그에게는 아무런 의무감 없이 살 권리가 없으며, 때때로 자기의 십자가가 될 괴로운 과업을 수행해야 하는 것이다. 예술가는 자기의 행동, 감정, 생각 등 모든 것이, 섬세하며 만질 수는 없으나 확고한 소재를 형성하며, 여기에서 자기의 작품이 탄생한다는 사실을 알아야 한다. 또한 그렇기 때문에 그는 인생에서는 자유롭지 못하나, 예술에서만은 자유를 구가할 수 있다는 점을 깨달아야 한다.

권영필 옮김, 열화당, 2019년, 129~130쪽

◎ 책방 과학자의 생각

　예술가는 예술적 자유를 구가하기 때문에 그 삶 역시 사회적 범위에서 벗어나도 괜찮다는 사람들이 종종 있다. 그러나 나는 이러한 의견에 동의할 수 없다. 예술가는 자신의 삶에서 느끼는 감정과 경험을 통해서 예술의 소재를 얻는다. 그 과정에서 성찰을 하고 작품을 만들어서 세상에 내놓는다. 예술가에게도 삶이 먼저고 예술 작품이 나중이다. 따라서 예술가들 또한 기본적으로 여느 사람들의 삶의 범위 안에서만 자유를 누려야 한다. 대신 예술가들은 예술을 통해서 무한에 가까운 자유를 경험하고 누리면 된다. 그럼으로써 예술가는 단순한 작품의 창작자가 아니라 더 나아가서 철학적 책임을 지는 존재로 승화할 것이다.

064

이명현의
별 헤는 밤

이명현

살다 보면 달 같은 사람을 만날 때가 있다. 격렬한 어떤 사연을 공유한 사람, 그것이 인연이 되어서 사랑을 했던 그 사랑을 가슴속에 묻고 떠나갔던 여전히 그리운 사람, 끝없는 배려를 해주는 사람, 한쪽 면만 보여주지만 그것이 나를 위한 동조 과정의 결과라는 것을 말하지 않아도 느낄 수 있는 사람. 나 자신의 모습을 반사하듯 내게 보여주는 사람. 그러면서 늘 옆에 있는 사람. 하지만 멀리 떨어져서 지켜만 보는 사람. 보름달처럼 나를 상쾌하게 만들어주는 사람. 어둠 속에서 환한 그림자를 만들어서 나를 춤추게 하는 사람. 1,000개의 달이 되어서 온 세상에서 나를 기억하는 사람, 살다 보면 달 같은 사람을 만날 때가 있다.

동아시아, 2014년, 157~158쪽

◎ 책방 과학자의 생각

　어느 신문에 칼럼을 연재하고 있을 때였다. 마감일이 다가왔는데 한 사람 생각에 마음이 흔들려서 차분하게 글을 쓸 수가 없었다. 그래서 그냥 그 사람에 대한 당시의 내 감정을 글로 써 내려갔다. 덕분에 마음이 차분해졌고 글도 마감할 수 있었다. 달은 항상 지구 주위를 돌면서 같이 있지만 그것이 너무 당연한 나머지 자주 그 존재를 망각하게 된다. 사람도 마찬가지다. 늘 내 주위에 머물러 있다가 달처럼 태양의 빛을 반사해 나를 비춰주는 사람이 있다. 우리에게는 당연하게 여겨지는 것을 조금은 낯설게 보는 성찰이 필요하다. 무엇이 더 소중하고 무엇이 진짜 가치 있는지는 일부러 성찰하고 반추하기 전에는 잘 알 수가 없다. 그냥 떠 있는 달처럼. 빛을 내지 않고 반사하는 달처럼. 그런 달을 잘 살피고 아끼는 것이야말로 행복감을 느끼는 첫걸음일 것이다. 나의 달을 인지했다면 그와 함께 공감의 시간을 더 가져보면 어떨까. 행복한 미래는 오늘을 유보한 채 마냥 인내한다고 해서 찾아오는 것이 아니라 지금 이 순간을 잘 보낸 것에 대한 결과로 찾아올 것이다. 나만의 달을 찾아보길 바란다. 그리고 어느 누군가의 달이 되어보면 어떨까. 당신은 누구의 달입니까?

065

백남준:
말에서
크리스토까지

백남준

나는 TV로 작업하면 할수록 신석기시대가 떠오른다. 왜냐하면 둘 사이에는 놀랄 만한 공통점이 있기 때문이다. 시간에 바탕을 둔 정보 녹화 시스템에 연결된 기억의 시청각 구조가 바로 그것이다. 하나는 노래를 동반한 무용이며, 다른 하나는 비디오다… 나는 사유재산 발견 이전의 오래된 과거를 생각하는 걸 좋아한다. 그렇다. 비디오아트는 신석기시대 사람들과 공통점이 또 하나 있다. 비디오는 누가 독점할 수 없고, 모두가 쉽게 공유할 수 있는 공동체의 공동재산이다. 비디오는 유일한 작품의 독점에 바탕을 둔 체제로 작동하는 예술세계에서 힘들게 버텨내고 있다. 현금을 내고 사가는 작품, 순전히 과시하고 경쟁하는 작품들로 이루어진 예술세계에서 말이다.

에디트 데커, 이르멜린 리비어 엮음,"DNA는 인종차별주의가 아니다"
임왕준 외 옮김, (용인:백남준아트센터), 2018년, 107~108쪽

◎ 책방 과학자의 생각

'생성 인공지능'이라는 예술 창작 도구 또는 미디어가 세상을 바꾸고 있다. 생산 도구를 독점할 수 없고 생산된 작품도 독점하기 쉽지 않은 시대가 되었다. 생산의 주체도 특정 집단에 의해서 독점되지 않는다. 오리지널과 복제의 구별도 쉽지 않다. 그것이 구별되는지도 불확실하다. 백남준이 꿈꾸던 공동체 공유 예술의 시대가 드디어 도래한 것인가? 아니라고 해도 이 시대는 백남준의 이름을 다시 끄집어내어 동상을 세울 것이다.

066

빈 공간

피터 브룩

그러나 연극에는 책과 달리 한 가지 특별한 성질이 있는데, 언제든 처음부터 다시 시작할 수 있다는 것이다. 인생에서라면 이런 말은 다 뜬구름 잡는 소리일 뿐이다. 우리는 어디로든 되돌아갈 수 없다. 한 번 떨어진 잎은 두 번 다시 새로 나지 않고, 시곗바늘은 절대로 거꾸로 돌아가지 않으며, 인생은 결코 두 번 살 수 없다. 그런데 연극이라는 석판은 언제고 깨끗하게 닦아 새로 쓸 수 있다.

일상에서 '만약'은 하나의 허구지만, 연극에서 '만약'은 실험이다. 일상에서 만약은 회피지만, 연극에서는 '만약'이 진실이다. 이 진실이 나의 이야기라고 설득될 때, 연극과 삶은 하나가 된다. 이것은 고원한 목표다. 엄청난 노동처럼 느껴진다. 연극은 고된 노동이 필요한 일이다. 그러나 그 노동을 놀이로 받아들일 때, 더는 노동이 아니다. 연극은 놀이다.

이민아 옮김, 걷는책, 2019년, 276~277쪽

◎ 책방 과학자의 생각

    연극을 생각하면 조명과 변주가 떠오른다. 조명이 켜져야 연극이 시작되고, 조명이 꺼지면 연극이 현실에서 사라진다. 희곡과 대본이 존재하더라도 배우와 관객이 무대에서 끊임없이 상호작용하면서 변주를 만들어내는 한, 연극은 유한한 시공간에 존재했다가 사라져버리는 물거품 같은 것이다. 여기에 연극의 미덕과 매력이 있다고 생각한다. 나는 강연을 할 때면 내 자신이 연극을 한다고 생각한다. 우리의 인생을 자체를 연극이라 여기고 살면 어떨까. 그렇다면 조명이 꺼지기 전에 충분히 삶을 즐길 수 있지 않을까.

사진에
관하여

수전 손택

플라톤은 이미지란 무상하며 별로 유익하지도 않으며, 비물질적이며 현실의 사물과 함께 존재하는 미망에 지나지 않는다고 과소평가했다. 그러나 사진 이미지의 위력은 고유한 권리를 가지고 어떤 이미지든지 방사되는 순간 축적되는 풍부한 정보, 화면을 현실로, 그리고 미망으로 만드는 유용한 수단이 되는 물질성을 가진 현실에서 나온다. 이미지는 사람들이 생각할 수 있는 것보다 훨씬 더 현실적이다. 게다가 이미지는 무한한 원천 그러니까 소비자들이 아무리 낭비한다 해도 고갈될 수 없는 자원이기 때문에, 일종의 환경보호 같은 개선책을 써야만 할 충분한 이유가 있는 것이다. 만약 현실 세계가 이미지를 끌어안을 수 있는 더 훌륭한 방법이 존재한다면, 실제 사물뿐만 아니라 이미지까지 다룰 수 있는 생태학도 필요하게 될 것이다.

이재원 옮김, 이후, 2005년, 256쪽

◎ 책방 과학자의 생각

생성 인공지능으로 만들어진 사진은 사진일까 아닐까. 생성 인공지능으로 만든 사진이 유명한 사진전에서 상을 받는 사건이 발생하고 있다. 이미지의 기술적 측면이나 의미 구현이라는 면에서 봤을 때, 사진의 역할은 한정적일 수밖에 없어 보인다. 그렇다면 사진의 시대는 종말을 고할 것인가. 사진의 본질이 빛이라는 물성에서 나온다고 한다면 빛의 역할 없이 만들어진 이미지를 사진이라고 할 수 있을까. 사진이 사실적인 회화를 어느 정도 대신했는데도 회화가 나름대로의 갈 길을 찾아서 생존했듯이, 사진 또한 생성 인공지능이 만든 이미지에 타격을 입겠지만 살길을 모색할 것이다. 생성 인공지능이 만든 사진 이미지는 사진이라는 이름이 아닌 적절한 다른 이름으로 정착될 것이다. '물성 사진' 혹은 '빛바탕 이미지' 같은 수식어를 붙인 채 그 범주 속에 머물며 존재하게 될지도 모른다. 사진이 '빛'이라는 실재를 포기하지 않는 한 존재의 가치를 지닐 것이다.

나는 죽을 때까지
재미있게 살고 싶다

이근후

✦

　내 삶은 나에 의해 남겨지지 않는다. 내 삶을 기억하고 추적하는 누군가가 있다면 그들에 의해 남겨질 것이며, 운이 좋다면 시간의 흐름 속에 자연스럽게 드러날 것이다. 그러니 죽음이 내일 닥치더라도 오늘을 성실히 살아가는 것이 최선이다. 살다 간 흔적이 남지 않는다고 허망한 것만은 아니다. 자연계의 모든 존재가 살다 간 흔적을 남긴다면 세상은 뒤죽박죽일 것이다.

　히말라야의 거대한 산맥을 바라보며 나는 인간이란 얼마나 하찮은 존재인가를 느꼈다. 그러나 다시 일상으로 돌아와 하찮은 존재라는 사실조차 잊고 주어진 삶을 성실하게 살아가는 이들을 보면 감동스럽다. 사람은 하찮으면서도, 히말라야보다 더 큰 존재라는 생각이 드는 것이다.

김선경 엮음, 갤리온, 2023년, 330쪽

◎ 책방 과학자의 생각

죽음처럼 극복할 수 없는 것, 히말라야산맥처럼 압도적이어서 우리를 초라하게 만드는 것. 이런 것들을 마주한, 작고 연약한 인간은 앞으로 어떻게 살아야 할 것인가. 이 문장이야말로 이런 우리 삶의 방향성을 제시해주는 지시등 같다는 생각이 든다. 체념할 것은 체념하고, 받아들일 것은 받아들이고, 지금 우리가 처한 상황과 위치에서 자신의 가치와 그 의미를 찾아서 하루하루 성실하게 사는 것. 너무 평범한 일일지도 모르지만, 어쩌면 그것이 우리가 할 수 있는 최선이 아닐까. 그런 한계를 인식하고 받아들이고 나서야 우리는 더 큰 존재로 우뚝 선 자신을 발견할 수 있을 것이다.

소설의
이론

게오르크 루카치

별이 총총한 하늘이 갈 수 있고 또 가야만 하는 길들의 지도인 시대, 별빛이 그 길들을 훤히 밝혀주는 시대는 복되도다. 그 시대에는 모든 것이 새롭지만 친숙하며, 모험에 찬 것이지만 뜻대로 할 수 있는 소유물이다. 세계는 넓지만 마치 자기 집과 같은데, 영혼 속에서 타오르고 있는 불이 하늘에 떠 있는 별들과 본질적 특성을 같이하기 때문이다. 세계와 나, 빛과 불은 서로 뚜렷이 구분되지만, 서로 영구히 낯설게 되는 일은 결코 없다. 그럴 것이, 불은 모든 빛의 영혼이며, 또 불은 모두가 다 빛으로 에워싸여 있기 때문이다. 이리하여 영혼의 모든 행동은 이 같은 이원성 속에서 의미 충만하게 되고, 원환적(圓環的) 성격을 띠게 된다. 다시 말해 영혼의 모든 행동은 의미에 있어 완전하며, 또 감관(感官)에 대해서도 완전하다. 여기에서 원환적 성격을 띠게 된다는 말은, 영혼은 행위하는 동안 자기 속에 평온하게 깃들여 있으며, 또 영혼의 행동은 영혼에서 떨어져 나와 독자적으로 되면서 자신의 중심점을 발견하고 자기 둘레에 하나의 완결된 원을 그리기 때문에 하는 말이다.

김경식 옮김, 문예출판사, 2007년, 27~28쪽

　루카치의 이 문장은 한때 나를 지탱하는 등대였다. 별빛이 제시하는 지도를 따라서 이상적이고 조화로운 시대를 꿈꾼 적이 있다. 나도 혁명의 시대를 산 청년이었으니 이 문장에 열광할 수밖에. 그러나 절대적인 가치가 소멸하고 다원화된 이 시대에도 이 문장이 여전히 유효할까. 현재처럼 모험과 친숙함이 공존하고 개인과 세계가 더 직접적으로 연결된 시대일수록 당장의 불빛이 아니라 지향점으로서의 별빛이 필요한 것 같다. 개인과 세계의 관계가 점점 더 복잡해지고 혼란스러워진 때일수록 개인의 정체성을 가지고 외부 세계와 조화롭게 관계를 맺는 삶을 유지하는 것이 중요하다. 이 문장 속에는 자기 성찰의 길을 밝혀주는 별빛이 여전히 빛나고 있다.

070

영화란
무엇인가

앙드레 바쟁

그러므로 영화의 발명을 이끌어가 가능케 한 신화는 사진으로부터 축음기에 이르기까지 19세기에 나타난, 현실의 기계적인 재현 기술 일체를 막연하게나마 지배해 온 어떤 신화의 완성된 모습에 다름 아니다. 그것은 완전한 리얼리즘이라고 하는 신화로서, 세계를 그 자체의 이미지로, 예술가에 의한 해석의 자유하는 가설이라든가 시간의 불가역성이라든가 하는 따위의 짐을 지지 않는 이미지로 재창조할 수가 있다고 하는 신화인 것이다. 요람기의 영화가 미래의 완전 영화가 지닐 모든 속성을 가지고 있지 못했다고 해도, 그것은 그렇게 하기를 꺼려해서요, 또 다만 영화의 수호신들이 그렇게 하기를 원했어도 기술적으로 그러한 속성 모두를 초기 영화에 제공할 수 있는 힘을 지니지 못한 까닭에서였던 것이다.

박상규 옮김, 사문난적, 2013년, 47~48쪽

◎ 책방 과학자의 생각

영화는 오랫동안 단순한 오락에 머물지 않고 현실의 기계적인 재현을 추구해왔다. 그리고 그렇게 구축된 기술적 재현과 예술적 창조를 융합해서 리얼리티와 신화적 이상을 동시에 지향했다. 이 문장에는 영화 초기의 이상과 지향점을 향한 고민의 흔적이 잘 드러나 있다. 21세기에도 이런 지향점이 여전히 유효한지는 잘 모르겠다. 그렇지만 최소한 현실의 기계적인 재현이라는 관점은 확장되어야만 한다. 가상현실과 증강현실이 실재보다 더 현실적인 기능을 하는 세상이니 지향점도 이런 기술적인 발전을 수용하면서 수정되어야 할 것이다. 현실의 재현을 넘어서 새로운 현실을 창조하고 그 현실을 관객들이 이해하도록 돕는 지향점으로 말이다.

071

다른 방식으로
보기

존 버거

＊

우리는 결코 한 가지 물건만 보지 않는다. 언제나 물건들과 우리들 사이의 관계를 살펴본다. 우리의 시각은 끊임없이 능동적으로 움직이고, 우리를 중심으로 하는 둥그런 시야 안에 들어온 물건들을 훑어보며, 세계 속에 우리가 어떻게 위치하고 있는지 가늠해 보려 한다.

우리가 어떤 것을 볼 수 있게 되자마자, 타인도 우리를 볼 수 있다는 사실을 의식하게 된다. 이렇게 타인의 시선이 우리의 시선과 결합함으로써 우리 자신 역시 가시적 세계의 일부라는 사실을 납득할 수 있게 된다.

만약 우리가 저 너머의 언덕을 볼 수 있다는 사실을 받아들인다면, 그 언덕에서도 역시 우리가 보일 거라고 말할 수 있다. 이와 같은 시각의 상호작용적 성격은 대화의 상호작용보다 더 근본적인 것이다. 때로는 문자 그대로 또는 은유적인 의미에서 '자기가 무엇을 어떻게 보았는지' 상대방에게 설명하기 위해, 그리고 '상대방은 무엇을 어떻게 보았는지' 알아내기 위해 대화하는 경우도 있다.

최민 옮김, 열화당, 2012년, 11쪽

'본다'는 것의 의미를 개인의 자각과 관계 맺음으로 자연스럽게 이끌어가는 글쓴이의 솜씨가 돋보이는 구절이다. 본다는 것은 단지 보이는 것을 보는 것이 아니다. 의도적이든 의도적이지 않든 본다는 행위는 정보 입력 그 자체다. 입력된 정보는 전기 신호로 바뀌어서 뇌로 전달되고, 뇌는 이 정보를 바탕으로 계산한 다음 여러 프로세싱을 거쳐서 의미가 부여된 가공된 정보를 만든다. 이 정보를 바탕으로 우리는 바깥세상을 인식하게 된다. 인식은 다시 자각을 낳고, 자각은 역지사지의 영역을 탐구하기 시작한다. 이런 사고의 결과는 다시 뇌로 입력되고 우리는 끊임없이 관계를 설정한다. 이런 프로세스가 반복되면서 '본다'는 것은 그 자체로 복합체의 모습을 만들어간다. '세상을 바라보는 주체'로서의 '나'를 자각한다는 것은 한 인간으로서 멋진 일인데, 또 한편으로 '보는 개체'로서의 '나'는 어쩌면 본다는 것의 부산물일지도 모른다는 생각이 드는 건 왜일까.

072

읽지 않은 책에 대해
말하는 법

피에르 바야르

교양을 쌓은 사람들은 안다. 불행하게도 교양을 쌓지 않은 사람들은 모르고 있으나, 교양인들은 교양이란 무엇보다 우선 '오리엔테이션'의 문제라는 것을 알고 있다. 교양을 쌓았다는 것은 이런저런 책을 읽었다는 것이 아니라 그것들 전체 속에서 길을 잃지 않을 줄 안다는 것, 즉 그것들이 하나의 앙상블을 이루고 있다는 것을 알고, 각각의 요소를 다른 요소들과의 관계 속에 놓을 수 있다는 것이다. 이 경우 내부는 외부보다 덜 중요하다. 혹은, 책의 내부는 바로 책의 외부요, 각각의 책에서 중요한 것은 나란히 있는 책들이라고 할 수도 있을 것이다.

그래서 이런저런 책을 읽지 않았다는 건 교양인에게 별로 중요하지 않다. 왜냐하면 비록 그가 그 책의 '내용'을 정확히 모른다고 하더라도, 종종 그 책의 '상황', 즉 그 책이 다른 책들과 관계 맺는 방식은 알 수 있기 때문이다. 어떤 책의 내용과 그 책이 처한 상황의 이러한 구분은 중요하다. 왜냐하면 교양을 두려워하지 않는 사람들이 어떤 주제에 대해서든 별 어려움 없이 말할 수 있는 것은 그것 덕택이기 때문이다.

김병욱 옮김, 가디언, 2024년, 31쪽

◎ 책방 과학자의 생각

　책을 읽는다는 것은 무엇을 의미하는 걸까. 물리적으로 책장을 넘기는 것
만을 의미하지는 않을 것이다. 정보를 얻는 것일 수도 있고, 이 글에서 말하고
있는 것처럼 궁극적으로는 '책들 사이의 관계 맺음'을 하기 위함일 수 있다.
책을 많이 읽는 건 중요하지 않다. 앞서 말했듯 관계 맺음을 통해서 교양인이
되는 것이야말로 독서의 목적이 되어야 하지 않을까. 책을 많이 읽고 여러 지
식을 쌓았는데도 연결과 성찰이 없다면 책을 잘못 읽은 것이다. 하지만 책을
읽고 성찰을 했어도 실천으로 옮기지 않으면 책 읽기는 완성된 것이 아니다.
독서의 완성은 실천에 있다.

073

책읽기의 달인,
호모 부커스

이권우

✦

　그렇다면 나는 왜 세평과 달리 『삼국지』를 후하게 쳐주지 않는 것일까. 따져보면 『삼국지』에 대한 이상 과열 현상에는 그럴 만한 이유가 있다. 수단과 방법을 가리지 않고 승리하는 '병법'을 일러주는 『삼국지』는 무한 경쟁의 시대를 사는 현대인에게 많은 도움이 되었을 법하다. 거기에는 오늘에도 유효한, 이른바 고전의 지혜라고 포장된 처세술이 담겨 있다. 그러나 나는 청소년이라면 『삼국지』보다 먼저 『서유기』를 읽어보아야 한다고 힘주어 말하곤 한다. 이 작품은 얼핏 보면 손오공의 기행으로 얼룩져 있지만, 꼼꼼하게 읽어보면 참된 것을 향한 모험이며 이를 통해 영혼이 성장하는 과정을 그린 작품이다. 만화나 애니메이션으로 나온 작품과 달리 상당히 깊이 있는 주제를 다루었다. 성장통을 겪는 청소년에게 그 고통은 왜 겪어야 하며 종착지는 어디여야 하는지 이처럼 잘 알려주는 작품이 어디 있던가. 더욱이 환상소설이라 하면, 『반지의 제왕』이나 『해리 포터』 시리즈가 전부인 줄 아는 새로운 세대에게 동양 환상소설의 대표작을 권하는 것은 분명히 균형감각을 키우는 데도 도움이 된다.

오도스, 2022년, 134~135쪽

◎ 책방 과학자의 생각

이 세상에는 책이 참 많고 책 읽을 시간은 제한적이다. 그래서 권장 도서나 필독서가 제시되기도 한다. 하지만 그 목록에 있는 책들은 주관적인 가이드는 될 수 있을지언정 모두를 위한 하나의 정답이 될 수는 없다. 모든 사람이 읽어야 하는 책은 이 세상에 없다. 그럼에도 불구하고 읽어야 할 책을 정하고 또 누군가에게 권하는 것은 필요한 일이다. 그렇다면 권장하지 않는 책에 대해 이야기해보는 건 어떨까. 나라면 《삼국지》, 《이솝우화》, 《탈무드》 같은 현실 세계의 처세에 대한 적나라한 기술을 알려주는 책들을 청소년들이 읽지 말아야 할 책 목록에 올려놓겠다.

074

나의
코스모스

홍승수

번역을 마치고 저는 칼 세이건이라는 인물을 다시 보게 됐습니다. 번역을 하는 과정에서, 저는 우선 세이건의 열정에 그냥 두 손 들었습니다. 그가 구사하는 문장에서 그의 뜨거운 열정이 그대로 묻어났습니다. 사실 저는 누구든지 자기가 하는 일에 온 정성을 다 바쳐서 열정적으로 하는 사람, 그런 사람을 좋아하고 사랑합니다. 고개가 숙여지더라고요. 어떻게 이럴 수 있을까? 그의 문장은 대단한 명문이었습니다. 정말 명문이었습니다. 이 이야기는 무슨 소리인가 하면, 번역하기가 지극히 어려웠다는 고백입니다. 그 분위기를 살릴 수가 없는 거예요. 이걸 어떻게 살려야 할 텐데, 문장이 길기는 왜 그렇게 긴지 말예요.

사이언스북스, 2017년, 34~35쪽

◎ 책방 과학자의 생각

《코스모스》를 번역한 홍승수는 처음에 칼 세이건을 좋아하지 않았다고 한다. 교수가 학문의 세계에 정진하기도 바쁠 텐데 이런 책이나 쓴다는 것이 이해되지 않았기 때문이다. 그런데 책을 번역하면서 홍승수는 칼 세이건을 존경하게 되었고 자신이 그토록 경멸하던 학문 외의 일도 기꺼이 나서서 하게 되었다. 일반인들을 위한 강연을 하고 글을 쓰게 된 것이다. 무엇이든지 자세히 들여다보면 긍정이었든 부정이었든 처음에 가졌던 선입견이 깨지는 것이 세상의 이치인가 싶다.

《코스모스》의 무엇이 한 사람의 인생을 이토록 송두리째 바꿔놓았을까. 이 책을 읽다 보면 번역을 통해 칼 세이건을 만난 경험을 간증하는 듯한 그의 생생한 목소리를 들을 수 있다. 살면서 이런 굉장한 경험을 할 수 있는 사람이 몇 명이나 될까. 그리고 그 경험을 자기 삶에서 실천할 수 있는 사람은 또 얼마나 될까. 《코스모스》는 한 사람의 인생을 흔들어 놓을 만한 힘을 가진 미디어라는 생각을 해본다.

075

『광장』을 읽는
일곱 가지 방법

김욱동

✦

　죽음을 바로 눈앞에 둔 이명준이 거울 속에서 왜 그토록 활짝 웃고 있는지 이제는 알 만하다. 철학도, 이데올로기도, 사랑도, 그리고 조국도 이제 그에게는 아무런 의미가 없다. 이제 그에게 의미 있는 일이라고는 오직 생명의 근원지, 삶의 본향으로 다시 되돌아가는 것뿐이다. 바로 이 거울 속에서 그는 지금 '푸른 광장'이 손짓하며 자기를 부르고 있는 모습을 바라보고 있는 것이다.

문학과지성사, 1996년, 219쪽

◎ 책방 과학자의 생각

  소설은 완성된 텍스트가 아니다. 이 문장에서 이명준이 자살한(자살은 맞는가?) 이유에 대해 해석하는 것은 타당한 문학적 상상이다. 그런데 정말 그럴까. 이 책에서는 서로 다른 해석을 내놓고 있는데, 이것이 때로는 일맥상통하고 때로는 모순된다. 설사 이명준이 유서를 통해 자살의 이유를 밝혔어도 우리는 그것을 유일한 이유로 받아들일 수 없다. 그 자신도 모르는 원인들의 총합으로 자살이라는 행위가 발생했을 것이기 때문이다. 소설은 여전히 가능성의 시공간이고 해석의 시공간이다. 잠복되어 있는 다양한 가능성을 캐내는 것이야말로 적극적인 책 읽기 방법이다. 인생 역시 완성된 텍스트가 아니다. 단정하지 말고 다양하게 해석하면서 산다면 인생이 더 풍성해지지 않을까? 그런 기대를 해본다.

076

보르헤스의
말

호르헤 루이스 보르헤스,
윌리스 반스톤

나는 죽음을 희망이 가득한 것으로 생각해요. 소멸의 희망이지요. 잊힌다는 희망. 나는 때때로 기분이 울적할 때가 있어요. 어쩔 수 없는 일이에요. 그러면 나는 이렇게 생각하죠. 그런데 내가 왜 울적해야 하는 거지? 어느 순간에든 죽음을 맞이할 수 있는데 말이야. 그러면 편안함이 찾아온답니다. 나는 죽음을 절대적인 것으로 생각하니까요. 죽음 이후에도 계속 존재하고 싶지 않아요. 난 너무 오래 살았어요. 왜 사후에도 계속 존재해야 하나요? 그건 과장된 거예요. 나는 죽음을 두려워하는 게 아니라 희망하며 살아간답니다.

서창렬 옮김, 마음산책, 2015년, 237쪽

◎ 책방 과학자의 생각

삶의 기준점을 어디에 둬야 할까. 탄생의 순간이 삶의 시작일까. 만약 죽음의 순간을 삶의 시작점으로 삼으면 어떤 일이 일어날까. 무엇을 기준점과 시작점으로 삼는다는 것은 어떤 의미일까. 태어난 것을 기준으로 삼는다는 건 체념한다는 말일 것이다. 탄생은 자신이 원해서 생긴 사건이 아니고, 그렇다면 그냥 체념하고 그 시점을 기준으로 삼을 수밖에 없지 않은가. 이와 마찬가지로 죽음을 기준점으로 삼는 것 역시 죽음에 대해서 체념하고 받아들인다는 의미가 된다. 그런데 문제는 죽음의 시기와 방식을 알 수 없다는 것이다. 물론 자신의 의지로 자살할 수는 있지만 말이다. 죽음에 대해서 체념하고 그 순간을 삶의 기준점으로 삼아보면 어떨까. 그럼 연민이 생기지 않을까. 자신이 반드시 죽는 것처럼 다른 사람 역시 죽음을 거역하지 못할 것이다. 그렇다면 다른 사람을 보는 태도에 연민이 생기지 않을까. '우리는 모두 죽는다'는 사실은 연민의 연대 의식 같은 것이나 다름없다. 덕분에 자신에게나 타인에게나 조금은 더 너그러워지고, 살아 있는 지금 이 순간이 더 애틋하고 소중해질지도 모를 일이다. 그렇다면 죽음에 대한 체념이 현재의 삶을 더 풍성하게 해줄 수 있을 것 같다. 그렇다, 보르헤스가 옳았다.

077

별빛 방랑

황인준

조용히 키스를 하는 노부부도 있었고, 박수를 치는 사람도 있었으며, 우는 사람도 있었습니다.

태양이 달 뒤로 완전히 숨었다 다시 나타난 그 짧은 1분 57초는 30여 년의 천체 관측 경험을 무색케 할 정도로 감동과 충격으로 다가왔습니다. 숨이 다할 때까지 어디라도 따라가 일식을 느끼고 또 사진으로 남기겠다고 다짐하는 순간이었습니다. 제 사진을 본 사람이 개기일식이 일어난 곳에서의 감동을 10퍼센트라도 느낄 수 있다면 말입니다. 1억 5,000만 킬로미터 밖의 태양과 약 38만 킬로미터 거리의 달이 만나 검은 태양이 되고 세상은 갑자기 지구가 아닌 세계가 됩니다. 이 극적인 천문 사건은 인간의 미약함과 우주의 경이로움을 동시에 일깨워줍니다. 찬란한 코로나의 검은 태양과 메마르고 황량한 지구의 아름다움……. 사람들은 입을 다물고 감동에 빠져 눈물을 흘릴 뿐입니다.

사이언스북스, 2015년, 47쪽

◎ 책방 과학자의 생각

우리에게 지구는 지구고 우주는 우주고 행성은 행성이다. 일상을 살아가는 사람들이 지구도 하나의 행성이라는 것을 어떻게 느끼고 살아갈 수 있겠는 가. 장엄한 개기일식의 순간이야말로 행성으로서의 지구를 느낄 수 있는 좋은 순간이다. 개기일식은 달이 태양을 온전히 가리면서 낮인데도 세상이 깜깜해지는 천문 현상이다. 태양이 가려지면 온도가 떨어지고 바람이 불며, 그걸 감지한 동물들은 울부짖고, 달이 지평선을 180도 돌면서 노을이 진다. 하늘에는 검은 태양이 떠 있고 코로나가 보인다. 태양의 빛에 압도되어 보이지 않던 별도 보인다. 한낮에 보이는 별이라니. 나는 개기일식을 여러 번 봤지만 늘 그 비현실적인 느낌 때문에 다시 개기일식을 찾곤 한다. 개기일식을 못 본 사람은 있어도 한 번만 본 사람은 없다는 말이 있다. 거의 사실이다. 개기일식의 순간 당신은 행성으로서의 지구를 느낄 것이고 환희의 눈물을 흘릴 것이라고 감히 장담한다.

078

어슬렁어슬렁
여행 드로잉

이미영

✦

　그러다가 옛날 엽서들을 파는 곳을 발견했다. 옛날 옛날에도 지금처럼 관광지의 사진으로 엽서를 만들었었구나! 그 시절의 사진 기술과 인쇄 기술이 그대로 남겨져 있는 게 흥미롭고, 같은 지역인데 지금과 같으면서도 다른 풍경인 게 너무 재미있다.

　그러다가 우연히 엽서의 뒷면을 봤는데, 누군가가 고운 필기체로 빼곡하게 글을 써서 가족 혹은 연인에게 보낸 것이었다. 날짜는 1937년, 1942년, 세상에…… 우표가 붙어 있고 소인이 찍혀 있는 것도 많고 누군가의 개인적인 기록과 대화들이 그 시간을 넘어 내 손에 이게 들려 있다는 느낌이 너무 낯설었다. 지금의 그 공간을 알고 있는데 그 예전 모습을 보는 게 신기하고, 뒤에는 손글씨로 개인적인 글이 써 있고, 우표와 소인이 있는 것 중에 한두 개를 사보려고 한참을 고르다가, 그 낯섦이 한두 번씩 파도처럼 밀려와서 결국은 있던 그대로 두고 나와버렸다.

바다출판사, 2016년, 30쪽

◎ 책방 과학자의 생각

여행은 약간의 낯섦과 약간의 익숙함이 중첩된 행위다. 여행길 위에서 우리는 처음 만나는 사람들과 교차하고 어울리고 헤어진다. 자신을 낯선 환경과 사람들 사이에 던져놓고 조금 거리를 둔 채 자신을 보는 것. 이것이 여행의 미덕일 것이다. 자신을 낯설게 고립시켜서 자기 안에 깊이 들어가보는 것도 여행의 묘미일 것이다. 그런 약간의 낯섦 속에서 역설적으로 익숙함을 만날 때가 있다. 앞서 여행했던 사람들의 흔적이 그것이다. 방명록에 박제된 처음 보는 이름이 반가운 것도 그래서일 것이다. 미래의 어느 순간, 누군가 내 이름을 보면서 그런 느낌을 받을 수도 있다. 엽서라니. 개인의 흔적이 남은 엽서라니. 우리는 이 지점에서 익숙한 삶의 단면을 만난다. 엽서를 살까 말까 망설이는 그 모습이야말로 어쩌면 여행의 시공간을 넘어서 여행자들이 서로 만나는 태도가 아닐까 싶다.

079

쓰고 달콤한 직업

천운영

✦

어쨌거나 소설가는 소설을 써서 먹고사는 사람이다. 식당을 시작하고 소설을 한 편도 쓰지 못했으니 그동안 나는 소설가로 살지 않은 셈이다. 나는 주방에서 음식을 만들어 팔아 먹고사는 사람 소위 주방 아줌마 업주. 소설은 언제 쓰나 사람들이 물어올 때면, 당분간은, 하며 말끝을 흐리는, 소설가를 뺀 업주의 삶. 주방에 숨어서 두어 번 울었다. 일이 정말 힘들어서, 소설이 너무나 쓰고 싶어져서. 하지만 내가 선택한 삶인데 누굴 탓하랴. 다시 기운을 차렸다.

현재 문장을 쓰고 있지는 않지만, 다른 무언가를 쓰고 있는 중이라고. 상상이나 취재로는 도저히 따라갈 수 없는 어떤 삶의 실재를 몸으로 살면서, 다른 방식으로 쓰고 있는 중이라고.

마음산책, 2021년, 98~99쪽

◎ 책방 과학자의 생각

소설은 작가가 쓰는 것이지만 집필 과정 자체의 결과물만은 아니다. 한 사람의 경험과 성찰과 삶의 여정이 문학이라는 정제된 형태로 통째로 나타난 것이다. 작가가 글을 쓰지 않거나 혹은 쓰지 못하고 있다고 해도, 작가는 여전히 살아가고 있으므로 계속 삶으로 글을 쓰고 있는 게 아닐까. 그 삶의 여정이 결국은 소설에 녹아서 드러날 것이기 때문이다. 그래서 친구로 그녀를 만나거나 그녀가 운영하던 식당에서 주인과 손님으로 만났을 때 나는 변주곡 같은 천운영들을 보았다. 소설가의 삶은 그 자체로 글쓰기의 과정이다. 식당 주인의 삶은 그 자체로 요리 과정이다. 둘이 합쳐지고 얽힌 삶도 천운영의 것이다. 그녀는 글을 쓰지 않는 동안에도 계속 글을 쓰고 있었다. 무엇이든 그렇지 않겠는가.

080

우주에서
기다릴게

이소연

✦

우주에서 지구를 내려다보면서 나는 정말 운이 좋은 사람이라는 생각을 자주 했다. 생을 살아가는 데 어떤 성취를 하기 위해서는 노력도 필요하지만 그에 못지않게 운도 중요하다. 특히 노력으로 어떻게 할 수 없는 것들이 생각보다 많다. 그중 대표적인 게 어디에서 태어나느냐다. 저 넓은 지구에서, 우주정거장이 지나가는 데 채 몇 분 걸리지도 않는 한반도에, 그것도 남쪽에서 태어난 상황이 정말 감사하고 운 좋은 일이라는 사실을 우주 비행 전에는 제대로 깨닫지 못했다. 그간 내 힘으로 이뤘다고 착각했던 많은 것의 시작이 운 좋게 대한민국에서 태어난 데서부터였다. 실제로 크게 노력해서 성취를 이룬 사람일수록 자신은 운이 좋았다고 말하는 경우가 많다. 그 노력을 할 수 있는 환경에서 태어나는 것은 본인의 의지가 아니기 때문이다. 이와 달리 누가 봐도 운이 좋은 사람일 때, 자신이 다 한 것처럼 이야기하는 편인 게 참 모순적이다. 창피하지만, 우주 비행 전의 내가 그랬다.

위즈덤하우스, 2023년, 106쪽

◎ 책방 과학자의 생각

　우주공간까지 가서도 결국 성찰에 이르는 것이 인간의 속성인가 보다. 대한민국 국적을 갖고 있는 유일한 우주인인 이소연 박사도 그런 사람이다. 우주공간에서 그 시공간 자체의 경이로움을 만끽만 해도 되는데, 그녀는 유일하고 압도적인 경험을 통해 자기 내면으로 침잠한다. 어쩌면 우주라는 압도적인 공간에 놓이면서 이소연 박사의 삶에 대한 반추의 파도가 더 크게 밀려왔을 수도 있겠다. 우주까지는 못 가도 뒷산에라도 올라가야지. 나 역시 이런 다짐을 해본다. 성찰은 관념이 아니다. 자신을 적절한 환경 속에 데려다놓는 것으로부터 시작되는 현실의 운 좋은 결과물이다.

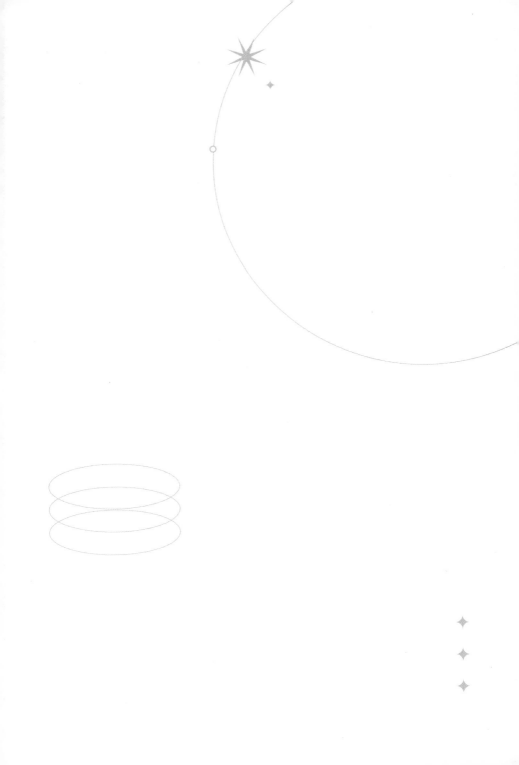

책방 과학자의
인문학
필사 노트

초판 1쇄 인쇄 2025년 2월 12일
초판 1쇄 발행 2025년 3월 5일

지은이 이명현
발행인 손은진
개발책임 김문주
개발 김민정 정은경
제작 이성재 장병미
마케팅 엄재욱 조경은
디자인 이아진

발행처 메가스터디(주)
출판등록 제2015-000159호
주소 서울시 서초구 효령로 304 국제전자센터 24층
대표전화 1661-5431 (내용 문의 02-6984-6892 / 구입 문의 02-6984-6868,9)
홈페이지 http://www.megastudybooks.com
출간제안/원고투고 메가스터디북스 홈페이지 〈투고 문의〉에 등록

ISBN 979-11-297-1439-8 03800

땅스B
'땅스B'는 메가스터디㈜의 인문·교양 전문 출판 브랜드입니다.
보통사람들의 성찰과 성장을 돕는 콘텐츠를 발굴하고 감각적으로 담아냅니다.